Hipérbola Janus

Boris Nad

Una historia de Agartha

Traducción por
Ángel Fernández Fernández

Una historia de Agartha
Título original: *Kratka Povest o Agarti*

Boris Nad, Belgrado, 2017

Copyright © del autor: Boris Nad
Copyright © de la traducción: Ángel Fernández Fernández

© 2020, Hipérbola Janus - Todos los derechos reservados

- www.hiperbolajanus.com
- hiperbolajanus@gmail.com
- @HiperbolaJanus
- HiperbolaJanus

Primera edición: mayo 2020
ISBN-13: 979-8636865384

Diseño de portada y revisión: Miguel Ángel Sánchez López
Maquetación: Ángel Fernández Fernández

Ejemplar impreso bajo demanda.

No se permite la reproducción total o parcial de este libro, ni su incorporación a un sistema informático, ni su transmisión en cualquier forma o por cualquier medio, sea éste electrónico, mecánico, por fotocopia, por grabación u otros métodos, sin el permiso previo y por escrito de los titulares del *copyright*.

Este libro se ha desarrollado íntegramente con software libre de código abierto.

Índice general

I	El secreto de los secretos	1
1	En busca del Paraíso en el Este	3
2	Dos caras de Janus	9
3	Estas son las puertas de Agartha	17
4	Una historia sobre Agartha	23
5	Una conversación con un experto Lama (Una historia sobre Agartha continúa)	27
6	La Hermandad Oscura	33
7	El secreto de los lamas rojos y amarillos	39
II	Descenso a Agartha	41
8	Una nota importante	43
9	Mis primeros vagabundeos	45
10	En la cima del mundo	47
11	La expedición al valle de Yarlung	49
12	Una torre en ruinas	51
13	Un viaje a la luna	53

14 Veinte mil pies bajo la superficie	57
15 En el fondo de un abismo	59
16 Un paseo sobre el abismo	61
17 Había un hombre delante mio	63
18 El templo de la luna	65
19 La ciudad subterránea	67
20 Una sombra del amanecer	69
21 Vinieron de lo desconocido	71
22 La carrera de los huesos blandos	73
23 Un hombre con las manos levantadas	75
24 Al comienzo de la historia	77
25 Guerras que los titanes libraron entre ellos	79
26 El pálido sol de Agartha	83
27 La última Thule	87
28 En la costa del proto-océano	89
29 Un dios con cabeza de pez	91
30 Cara a cara	93
31 Llamas ardiendo desde el Altar	95
32 En una torre de oricalco	99
33 Partiendo de Thule	101

34	El levantamiento de los titanes	103
35	La voz del rey del mundo	105
36	El regreso de los inmortales	107
III	Epílogo	109
37	Algunas palabras al final	111
38	Las personas-gigantes caminaban por la tierra . . .	117
39	La libertad iluminando el Mundo	119
40	Siete brazos de su corona	121
41	Wotan está despierto, el viajero	125
42	El viento que sopla de Escitia	127
43	La estrella roja sobre el Kremlin	129
44	La última palabra del editor: la misión de Sikorski .	133
	Biografía de Boris Nad	143

¡Oh Dios, purifica nuestros corazones!

Ezra Pound, Letanía nocturna

Y lanzándose sobre el papel, con los ojos en blanco y la voz ahogada por la emoción, leyó todo el documento desde la primera a la última letra.

Fue concebido en los siguientes términos:

> *«In Sneffels Joculis craterem quem delibat*
> *Umbra Scartaris Julii intra calendas descende,*
> *Audax viator, et terrestre centrum attinges.*
> *Quod feci, Arne Saknussemm».*

Que en un mal latín se puede traducir así: «Desciende, viajero audaz, al cráter del jokul de Sneffels, que la sombra de Scartasis, toca antes de las kalendas de julio, y alcanzarás el centro de la tierra; lo cual he hecho, Arne Saknussemm.

(...)

«Esta es mi decisión» respondió el profesor Liedenbrock, adoptando una de sus posturas más grandiosas. «Ni usted ni nadie más sabe con certeza lo que está sucediendo en el interior de este globo».

Julio Verne, Viaje al centro de la Tierra

Parte I

El secreto de los secretos

En busca del Paraíso en el Este

La historia de las naciones está construida en base a la historia no escrita de grandes viajes y viajeros del mundo; una historia que comienza mucho antes de Herodoto o Marco Polo, en el Neolítico o incluso antes, en algún cuento de hadas de los albores de la humanidad. Tal vez incluso a la salida de la Edad de Oro primordial, con las glaciaciones e inundaciones, con la primera de una serie de catástrofes conocidas por la especie humana. Siguen eras de migraciones de pueblos y razas. Si pudiéramos creer a Platón, los Atlantes fueron los primeros colonos del mundo y vinieron de Occidente. Otros dicen que sus antepasados eran Hiperbóreos, que escaparon de la nieve y el hielo en el extremo Norte del continente.

Las naciones migran a través de la historia del Norte hacia el Sur y del Este hacia el Oeste. Eso determina su paso por la historia — un camino de envejecimiento y degeneración; a veces más rápido, a veces más lento, pero de declive inexorable. Así comienzan las grandes conquistas, las que abarcan áreas inmensas, continentes enteros, y así comienzan las grandes guerras, como la que se desata tras los muros de Ilium. ¿O fue solo una sombra de una guerra mítica librada en el pasado más profundo? En el pasado mítico de la Tierra. Al principio de los tiempos, «in illo tempore».

No se aventuraron en las tierras desconocidas y exóticas, sino hacia sus patrias perdidas; tierras míticas de los orígenes, riquezas de la Era Dorada. Hacia la opulencia primordial, como el Edén. Hacia un paraíso perdido, ese paraíso bíblico que todavía estamos buscando hoy, aquí en la Tierra.

Un místico islámico, Suhrawardy, afirma que después de la muerte el alma regresa a la patria, y explica que esto fue establecido por el misericordioso Alá, y la condición de permanecer allí anteriormente debe cumplirse. Esa patria mítica está en algún lugar del «Oriente espiritual». Para poder lograr esto, necesitamos alejarnos del «Occidente espiritual», desde una caverna en el exilio.

El verdadero viaje, las verdaderas aventuras del espíritu, enseña este Sheikh, comienza en Occidente. Este es un lugar como una tumba, una empalizada en el lugar de entierro. Al llegar al suelo de un continente desconocido, Cristóbal Colón creyó haber descubierto la Tierra Nueva, mencionada en el Apocalipsis de San Juan. El famoso marino creía que estaba en el golfo de Paria, y en sus frescas corrientes descubrió el origen de los cuatro ríos del jardín celestial perdido, el propio Edén. «Dios me hizo apóstol del cielo nuevo y de la tierra nueva, de lo mismo que habló en el Apocalipsis —exclamó ante el rey Juan— y antes de esto por boca de Isaías; y él me mostró el lugar donde lo encontraría».

El fin del mundo precederá al descubrimiento de la Nueva Tierra, la conversión de los incrédulos y la destrucción del anticristo, como está escrito en el *Libro de profecías*. El mal será destruido en la Tierra de una vez por todas. ¿Qué significa una conexión entre Agartha y América? ¿No son las mismas huellas que interconectan todos los continentes? ¿Podrían las apariciones de ambos, o más bien sus reapariciones en el horizonte de la historia mundial, presentar los signos de los «últimos tiempos»?

Sobre el «secreto» de América supieron vikingos, egipcios y fenicios, incluso miles de años antes que los marinos portugueses y españoles. Los esotéricos y adeptos de las sociedades secretas, místicos e ilusionistas, astrólogos y neófitos, seguidores de cultos secretos y conspiradores oscuros, todos ellos continúan tejiendo sus redes oscuras alrededor de Agartha y los profundos misterios que oculta el reino subterráneo.

América no es solo una tierra del Apocalipsis — una historia que habla sobre el fin del mundo y la última revelación. Los primeros recién llegados identificaron a América con un paraíso, donde incluso los árboles y las plantas hablaban en un «lenguaje jeroglífico de nuestro estado adamítico o primitivo». El Nuevo Mundo fue para ellos una proyección del paraíso en la Tierra, a través de la cual Dios bautizó a su pueblo elegido: el Nuevo Israel. Aquí el atributo «nuevo» tiene un significado de «divino».

Otros identificaron América, no sin menos fundamentos, con Atlantis, cuya caída describió Platón, sin observar que el filósofo griego era preciso en los detalles dados, y que además de la tierra de Atlantis, también mencionó «la tierra en el Oeste rodeada por el océano desde todos los lados».

Este es el continente norteamericano, no hay duda. América es solo su sombra, su proyección en el lejano Oeste, la «falsa Atlántida». Herman Wirth habla sobre la tierra desaparecida de Mo-Uru (la Moriyah bíblica donde Abraham quería sacrificar a su hijo); una isla en el Atlántico noroccidental, que en realidad es un continente sagrado perdido.

La Tierra de Mo-Uru es la verdadera Atlántida. La India en la Edad Media y más tarde, hacia la que se sintieron atraídos los viajeros del mundo, es una tierra igual de mítica o incluso más; esto no es solo un hecho geográfico.

Brasil debe su nombre a Hy-Brasil, una tierra mítica de la tradición Celta. ¿Por qué Siberia se convirtió en la tierra sagrada del Imperio ruso? Para Yesenin, Rusia es un paraíso, y tal vez Rusia fue aún más importante para Yesenin que el paraíso. Rusia y Siberia, o su extremo Norte, según algunos investigadores, son en realidad la mítica Hiperbórea — el origen de la humanidad, o parte de ella, una patria de hombres-dios, la raza divina de la Edad de Oro.

Uno de ellos pensó que había encontrado las ruinas del templo dedicado al Apolo Hiperbóreo, y que descubrió aquí la mítica Thule. La Ultima Thule, en la que creían los griegos.

América, por supuesto, no es la Atlántida, una isla mítica que desapareció en el Atlántico en los albores de la historia. En realidad, es la Tierra Verde, o la Tierra de los Muertos, «el Reino de las Sombras» en Occidente, mencionado en la herencia y en los mitos de muchas naciones. América es la trans-Atlantis. ¿Cuál es el significado de la reaparición de un continente muerto y hundido en el horizonte de la historia mundial?

De la misma manera, Agartha es también una «Tierra de los muertos», que aún deberá descubrirse en las profundidades del subsuelo. En los tiempos históricos, esto funcionó para algunos viajeros e investigadores. Uno de ellos fue un cazador mongol, que no pudo guardar su secreto, y como consecuencia de ello los lamas le cortaron la lengua. Sobre este cazador habla Jamsrapha. Otro era un marinero noruego analfabeto, que afirmaba que había vivido en Agartha durante varios años.

El lector verá que estos breves comentarios no están exentos de fundamento, y que América y la Atlántida están estrechamente relacionadas con nuestro tema: Agartha, un reino misterioso escondido en la oscuridad eterna, bajo tierra y muy alejado en el pasado. Estrechamente conectado con el mundo de los muertos y con el pasado. Con el pasado que se niega a morir. Y ellos, a menudo, ocultan muchas historias secretas de la raza humana.

Por todo eso, no hay tierra, isla o continente en el mundo que obedezca a meras certezas geográficas. Toda la Tierra es un texto sagrado, un libro sagrado escrito en letras peculiares, o tal vez sólo los místicos y los esotéricos lo creen. Estas cartas fueron escritas por Dios mismo. De hecho cada viaje es una peregrinación, por la razón de que siempre caminamos por la tierra sagrada.

Cada tierra, lejana y cercana, tiene sus significados ocultos, sus puntos sagrados: espiritual, simbólico, escatológico e incluso místicamente profundo. Un territorio es al mismo tiempo una realidad física y espiritual. Esto es objeto de una doctrina secreta —mito de la geografía mítica y sacra— que se pierde para siempre durante siglos y milenios.

Si el descubrimiento de América, o más bien un regreso de América a la historia, desencadenó tal inquietud entre las naciones, ¿qué sucederá si la predicción sobre el fin del mundo se lleva a cabo, y el secreto sobre Agartha se da a conocer al mundo? Se profetizó que la gente de Agartha saldría una vez más a la superficie de la Tierra.

Igualmente; el Paraíso, el Jardín del Edén, está escondido en algún lugar del Este. En Oriente, con los «sabios tártaros», afirma Swedenborg, debemos buscar la palabra olvidada desde hace mucho tiempo. Otros dicen nuevamente que el infierno es donde estamos, y que el Paraíso, el bíblico, está escondido en el mismo lugar.

Una leyenda dice que en algún lugar de las profundidades de la Tierra, en cuevas oscuras y pasajes secretos, aún vive una tribu secreta, oculta a la vista de los demás, y esto solo es conocido por unos pocos elegidos en la superficie, y que su conocimiento se custodia estrictamente como un secreto. O tal vez fue hasta hace poco. Ese reino secreto, como ya mencionamos, es Agartha. La leyenda es tan vieja como el mundo, y enraíza sus orígenes en la prehistoria.

Las tradiciones de diferentes naciones, blancas, rojas y amarillas en Oriente y Occidente hablan de Agartha. Los viajeros susurran al respecto, los que se proponen encontrarlo. Los mercaderes de las caravanas hablan con gran vigor al respecto, en sus alojamientos, caminos de montaña, desiertos y lugares remotos. Agartha es conocida por los sabios tibetanos que transmiten sus conocimientos a los monjes y lamas. Las masas ridiculizan estas historias tachándolas como supersticiones propias de personas crédulas y sin formación.

Una historia de Agartha

Dos caras de Janus

No RECUERDO exactamente el momento en el que mi búsqueda de Agartha comenzó. Debe haber sido en los primeros días de mi infancia. Supongo que la infancia de todos está marcada por estos sueños, aquellos que luego se olvidan o se mantienen con desdén en nuestra edad madura. En esos días, yo soñé que era dueño de un castillo subterráneo, a cuyo interior me conducían unos escalones de mármol, y que algún feliz acontecimiento abrió un camino hacia el castillo.

Un secreto está enterrado en el suelo. Una puerta secreta que conducía al castillo estaba en la falda de un árbol gigante, en un bosque en las cercanías de la ciudad, un bosque que se extendía hasta nuestra finca en Podmoskovye. La entrada al castillo estaba oculta, y sus antiguos escalones de piedra cubiertos de tierra y hojas secas — restos de muchos siglos.

El castillo subterráneo comprendía innumerables y fabulosas cámaras, y reminiscencias de las cuevas de la isla de Montecristo. Quien allí se adentrase se transformaría en un ser iluminado, envuelto por la gloria, en lugar de la plenitud. La primera de aquellas magníficas cámaras descansaba en opacidad y en púrpura zarista. Las antorchas estaban enganchadas en las paredes; si yo encendiera la primera, los diamantes y las perlas derramadas en el piso de piedra responderían. Los rubíes brillaban en los cofres. Estaba en posesión de una riqueza insuperable, incluso la riqueza que no es de este mundo: monedas de oro forjadas por manos de hechiceros o enanos. Eran mis sirvientes, mis reticentes ayudantes. El mundo subterráneo está habitado por seres que no son humanos.

Nadie podía sentir mi secreto. ¿A quién podría confiar este secreto? El silencio aumentaba mis poderes. En enero cumplí setenta años. Enero es un mes del dios Janus, que es el dios de los comienzos y tiene dos caras. Una mira hacia el Este y el otra hacia el Oeste. Una, como dijo Ovidio, mira hacia adelante y la otra hacia atrás: en el pasado y en el futuro. Una está feliz, la otra está triste. En el momento del triunfo, en el momento del cumplimiento de nuestros sueños más audaces, aquellos en los que hemos basado toda nuestra vida pasada, y a los que nuestra realidad está subordinada, contienen nuestro amargo sabor a derrota: nuestras mayores esperanzas se extinguen con estos.

Esto fue percibido incluso por los más grandes, los favoritos de los dioses, como César o Alejandro, si no antes, en sus lechos de muerte. La alegría es pasajera y de corta duración. La pérdida es, por el contrario, definitiva e irrevocable. Por eso nuestras vidas nos evocan una travesía por el valle de las lágrimas.

En aquellos viejos tiempos, es muy probable que fuese un niño muy mimado e insoportable. La culpa era compartida, sin duda, por mi abuelo y mi institutriz. El nombre de la institutriz era Aglaia. Aglaia Prohorovna — así es como nos dirigíamos a ella, pero para mí ella era solo Aglaia. Mi mundo consistía en libros e historias extrañas, principalmente las que me aportó mi abuelo. Entre ellas había novelas lujosamente ilustradas para niños, como *El Mensajero del Rey* de Julio Verne, o *Viaje al Centro de la Tierra*. A menudo pasaba las horas de la tarde en su biblioteca. Ese es uno de esos lugares mágicos que recordamos de nuestra infancia.

Lo interrumpía por las tardes o al anochecer mientras estaba trabajando en su escritorio. Tales privilegios no fueron disfrutados por mi padre o mi madre, su hija. Estaba en su casa en San Petersburgo. En agosto, bajo los rayos del sol que no se ponían ni siquiera de noche (como en la mítica hiperbórea), su biblioteca era realmente como una cueva, y parecía un monje o un druida, un ermitaño con barba, similar a un eremita que vi en Optina Pustyn.

En esa época tenía un gato negro, que me seguía a todas partes, y le puse el nombre de Behemoth — el nombre de la bestia, uno bíblico, una bestia continental que lucha contra Leviatán, un monstruo de las profundidades del mar. Ese gato diabólico volverá a la vida en nuestra literatura, en la novela de Bulgakov, que debes conocer bien. Llevará el mismo nombre.

Fue mi compañero en aventuras que ya no puedo describir. Alguien que habló con voz humana y me recordó al Gato con Botas de los cuentos infantiles. Por otro lado, ese gato de un cuento de hadas, afirma un investigador en mitología, es en realidad un Dios de la era neolítica, una nueva edad de piedra, que se disfrazó con el tiempo de una criatura de cuento de hadas, un famoso héroe de los libros infantiles. Tal vez ese gato solo existió en mi imaginación.

En mi imaginación, yo era ese niño enigmático: el hijo de un molinero, el más joven de los tres hermanos. En los cuentos de hadas rusos, a un niño así se le suele llamar Iván. Un niño similar también es el mensajero de un rey, uno que lleva un mensaje secreto del que depende el destino del reino y la felicidad de millones de personas. El mensajero llega en el último momento. En ese último y decisivo momento susurraría palabras secretas al oído de la zarina, o dejaría una carta secreta, sellada con cera, en su mano. Ella me elogiaría con una sonrisa y un beso suave en la frente. En ese momento, sus ojos se llenarían de lágrimas. En virtud de esto, me convertiría en el favorito de las criadas. El rey mismo me miraría con gratitud y apretaría firmemente mi pequeña mano.

Bajo las crinolinas de esas criadas, no hay duda, se escondieron mi madre, mis hermanas y primos, distantes y más cercanos, y mi institutriz. Entre mi madre y la institutriz había una visible grieta insuperable, insondable para la mente de un niño: la belleza de mi madre era frágil, una belleza sofisticada de refinada y desdeñosa aristócrata, semejante a los modelos de Botticelli. La belleza de Aglaia Prohorovna recordaba a las bellezas de las pinturas de Rubens. Esta era la belleza sensual y saludable de una campesina redonda, una mujer rusa. La misma que sonríe hoy desde los carteles soviéticos; la belleza de una mujer kolkhoznik, campesina o trabajadora.

Encima de estos retratos imaginarios había un retrato de mi abuelo: una cara cruel, ojos pequeños y pómulos altos, casi mongoles, con una barba descuidada, similar a la de los Viejos Creyentes. Él era un Yusupov. Zarista incorregible, asesinado en Moscú en el verano de 1918, en circunstancias poco claras. Finalmente mi padre, una cara estricta, profundos ojos azules. Un bigote rubio bien arreglado y un rubashka en color del suelo. O fue así en mis recuerdos. Murió en tristes circunstancias, en Kerch, Crimea. Lo veo, como en un sueño, mientras camina en pasos de marcha.

Mi pecho está lleno de orgullo. Todo en esos sueños es muy claro y natural. Es verano. El sol es brillante. Estamos parados en un amplio patio; todas las calles de Rusia son anchas y el edificio es monumental. Torretas doradas, y aquellas multicolores en forma de bulbo. Suenan las campanas, tal vez desde la iglesia de San Basilio el Bendito. Leones en piedra varias veces más grandes que un hombre promedio. En la entrada hay grifos. Un dragón en piedra con las alas abiertas es visible en la fachada. En cualquier momento podría volar lejos. En algún lugar aquí, en las cercanías, se encuentra el mismo Emperador. Este es el Zar, el verdadero rey del mundo. Un gobernante que se queda quieto, su cara es como una máscara dorada. Como los rostros de los oficiales, guardias y novicios que lo rodean. En mis recuerdos y sueños, el emperador se parece más a un monumento en bronce o piedra, como el jinete de bronce de un poema de Andréi Bely, que a un hombre de carne y hueso.

El calor del cofre debajo de una camisa blanca es el calor del cofre de mi institutriz. Ella me abraza intensamente. Puedo sentir su corazón emocionado latiendo. Rusia, родина мать, está conectada con ella en mi cabeza, no con mi madre. Son mis primeros recuerdos. Ella me levanta, no demasiado alto, pero lo suficiente como para que yo vea la cara del zar que parece un molde de bronce o granito. Tal vez sus ojos solo me están sonriendo. Sus ojos están vivos.

Mi vida comienza como un cuento de hadas, como un idilio. En la infancia, la vida es solo una aventura interminable. Idilio y tragedia son en realidad una misma obra, la que vemos todos los días en un teatro de la capital, y en esta obra, en cada personaje y en cada argumento hay una dualidad. Allí donde nos acercamos a la esencia, todo se divide en dos.

Este es el rostro de Janus, el Dios Janus que es al mismo tiempo Dios del principio y Dios del fin. Y aquí el primer paso depende del último y el último del primero.

Los setenta años son una oportunidad para poner las cuentas en orden. Mi vida, esto está bastante claro ahora, ha estado marcada desde el principio por una manía secreta: una búsqueda del mundo oculto bajo tierra, o más bien en la oscuridad del tiempo, en el pasado, que está muerto ahora y permanecerá así para siempre. Solo nosotros podemos hacerlo vivo. Una vez, hace mucho tiempo, nací y crecí en un reino mágico. Esta es una búsqueda de la edad de oro perdida. Nuestra única edad de oro es la infancia, reconocemos esto al final de nuestro camino. En él, y sólo en él, se esconden nuestros secretos más profundos y nuestros Dioses — los Dioses de la infancia.

Ningún esfuerzo lo traerá de regreso, excepto nuestros recuerdos. Allí, y solo allí, en el pasado, como una sombra del Hades griego, como en la poesía de Homero, deambulan nuestros antepasados, nuestro padre y nuestra madre, nuestra gente más cercana, los que nos persiguieron y los que perseguimos. Amigos y traidores, salvados y condenados; convictos y verdugos, pecadores y benditos, héroes y cobardes. Rojos y blancos, bolcheviques y zaristas, comunistas y fascistas, agnósticos y creyentes, y sobre todo nuestro Señor Dios, a quien nos dirigimos en nuestras oraciones. Cada uno de ellos susurra su propia historia. Miles y miles de años de historia de los que no sabemos nada.

Con los años nos estamos acercando inexorablemente a nuestro fin, nuestro fin físico y al mismo tiempo estamos volviendo a nuestro principio. Esta es esa serpiente Ouroboros, la serpiente que sin cesar devora su propia cola. Las cosas que les sucederán, dijo el filósofo Heráclito, recordado como el sombrío, la gente ni siquiera las puede anticipar. Ouroboros, es solo un tiempo, un océano interminable en el que fuimos arrojados, sin saber de dónde venimos, ni a dónde vamos. Sin saber quiénes somos. Vamos a comprender esto solo en nuestra hora de muerte.

Es por la mañana, una madrugada, el sol ilumina las ventanas de mi piso en Podmoskovye. El cielo es claro e infinitamente azul. Una vez, siglos atrás, la gente no veía el cielo azul. El mundo cambia con los tiempos, y todo en él, incluso los colores, tienen su historia. El color azul del cielo aparece en las pinturas mucho más tarde, a comienzos del Renacimiento. Tampoco tenía color azul para Homero y sus héroes, sino algunos tonos más oscuros, verdes o morados, del color de los sedimentos del vino.

Estoy pensando en cómo, mientras tanto, me convertí en una cara sin nombre, ya que nadie me ha llamado por mi nombre real durante años, el que recibí en el bautismo, nadie más que una quiosquera que me vende un periódico todas las mañanas. Estamos escondiendo nuestros rostros reales bajo las máscaras de nombres extraterrestres.

Voy bajando los escalones; el ascensor está fuera de servicio — y luego, después de una corta caminata, regreso por las mismas escaleras y bebo mi té. Delante de mí todavía está el *Pravda* sin abrir. Estoy encendiendo el primer cigarrillo, forma parte de mis rituales matutinos. Un humo se eleva en línea recta. Las ventanas están abiertas de par en par. Un extraño del otro lado de la calle, con una camisa azul y una chaqueta de tweed, está tratando de pasar desapercibido, este detalle le traiciona. El apartamento de una habitación es del tamaño de una celda, una celda de monje o de prisión. Este es el espacio de mi libertad. La sala está llena de libros, el escritorio está desordenado y enterrado en papeles. En una carpeta roja recogí los documentos que tengo, me quedan unos pocos. Quemé la mayoría de ellos en 1938, en un hotel de Berlín. El resto lo estoy quemando ahora, pieza por pieza, mientras escribo estas notas, y se están quemando lentamente en una olla china hecha de jade.

Estoy revisando mis recuerdos. El recuerdo es inestable y engañoso. ¿Dónde comenzar la historia sobre Agartha, el mundo desaparecido en el subsuelo? ¿Por qué esta historia despertaría un interés en el lector? Una historia sobre un mundo que se extiende mucho más de veinte mil años bajo la superficie de la Tierra. En algún lugar de su cálido interior, como su corazón oculto. No sé si ese corazón está vivo, o lo que vemos son sombras del Hades de Homero. Algunos de ellos, como dicen, son viejos como este mundo, o incluso

Dos caras de Janus

más todavía.

Este libro —dudo en llamarlo libro— probablemente nunca será publicado, y ciertamente no durante mi vida. Quizás no está destinado que estas notas vean la luz del día. Además, esto es casi seguro. A pesar de eso, estoy tratando de escribir una historia tan increíble que parezca producto de la imaginación o de una mente retorcida, como resultado del delirio o la embriaguez — pero sigue siendo cierto. Me atrevo a afirmar: es auténtico, palabra por palabra, a menos que mi memoria poco confiable lo distorsione. O tal vez es un sueño, un espejismo similar a lo que experimentan los viajeros cuando se pierden en un desierto.

Después de mi muerte, estoy completamente seguro de esto, personas desconocidas para mí entrarán a mi apartamento, con rostros inexpresivos e indiferentes, eliminando meticulosamente cualquier rastro de mi vida en la Tierra. Algunos de ellos serán mis viejos conocidos. Deje que el lector, si lo hubiera — un lector que no solo busca una diversión superficial, se olvide de los nombres y los años. Estoy escribiendo estas notas tal como las recuerdo. No deben perder su tiempo visitando archivos y bibliotecas para verificar todo lo que reclamo aquí. Aquellos que ya conocen el secreto de Agartha podrán entenderlo, y aquí radica la paradoja. Esta historia no es para nadie, solo para alguien que está predestinado por sus símbolos. Volverá a la vida en sus manos.

Hay un episodio con el que me gustaría comenzar la historia, y se desarrolló en el 195X, en el valle del río Uburtelin-Gol.

Una historia de Agartha

Estas son las puertas de Agartha

En el año 195X una expedición arqueológica soviética se acercaba al valle del río Uburtelin-Gol, en el Altai mongol; el nombre del río en mongol significa «el río de los abismos negros». Un convoy de vehículos atravesaba un camino trillado con dificultad, levantando una nube de polvo rojo a su paso. Había un bosque de alerces a nuestra izquierda. Las copas de los árboles permanecían inmóviles. Podíamos sentir el bochorno; el aire era pesado y húmedo, sin un soplo de viento.

Un vasto valle yacía debajo. Había una colina roja hacia el Norte, solitaria bajo el horizonte, llamada la colina del Diablo. Pertenecía a la cordillera Khangai — una cordillera, como la describieron los mongoles, hecha de dientes de dragones y torretas de piedra. Parecía un espejismo, al mismo tiempo irreal y claro en cada detalle. Una nube blanca parecía anclada sobre su cima. La nube tenía un revestimiento rosado.

Cuando llegamos al valle, adelantamos enormes rocas semejantes a muros ciclópeos, o quizás eran los muros reales erigidos por los Ispolinos, los Nefilims, los Titanes de los mitos griegos — nos sumergimos en un mar de niebla. Los bloques de niebla fueron triturados en pedazos por los bloques de piedra afilados y lisos de la gama Khangai.

Cerca del río advertimos enormes columnas de granito rojo, junto con sus reflejos en la superficie del río inmóvil. Incluso más abajo, en el valle se veían montículos verdes, túmulos, sobre cada uno de ellos había una lápida de granito de unos dos metros de altura, con algún tipo de inscripciones grabadas, similares a las runas. Todo el valle estaba ocupado por montículos elevados, cubiertos de hierba verde y amarilla. Estos montículos pertenecían, como se nos dijo, a la prehistoria; a un período indeterminado tan alejado de nosotros como los tiempos míticos de la Tierra.

Mientras la expedición se preparaba para levantar un campamento temporal, cinco de nosotros nos dirigimos hacia esas columnas, o torretas de granito rojo, pasando por una necrópolis circular de un perímetro de unos treinta metros, que los arqueólogos planeaban examinar. Había un montón de piedras en el centro; los bloques de piedra se alzaban en el borde del círculo exterior, como nos pareció, marcando los cuatro lados del mundo.

Nos detuvimos frente a ellos. Nos sorprendió su monumentalidad, algo que no percibimos mientras los observábamos desde lejos. En algún lugar vimos dibujos simples tallados en piedra: líneas en ángulo, círculos, letras similares a las runas. Luego descubrimos algunos pasillos estrechos, entradas a cuevas, algunas de ellas demasiado estrechas para que un hombre pueda entrar, similares a las divisiones verticales, grietas o ranuras en la piedra.

Dejamos la exploración de estos túneles para el día siguiente. La primera inspección demostró que era posible descender. El equipo necesario parecía ser simple; unas cuerdas fuertes y antorchas deberían ser suficientes. Mi idea era que dejáramos a algunas personas en la entrada para que pudieran supervisar nuestro descenso. A la mañana siguiente elegimos uno de estos estrechos pasajes, apretamos nuestras cuerdas y comenzamos nuestro laborioso descenso. Hablo de un un descenso, porque muy pronto descubrimos dentro de la roca un verdadero laberinto de corredores oscuros e interconectados, que se restringían por un lado y se extendían por el otro. Esto duró una hora, o tal vez más.

Nos detuvimos para tomar un respiro. Mi cara estaba cubierta de sudor. Dentro de la cámara, había un flujo de aire constante. No estaba completamente oscuro por dentro. El techo era alto y, en la mayor parte del recorrido, no se podía tocar con la mano. Por un momento fue coloreado por los rayos de luz. Un brillo, al principio solo notable, se adaptaba al lugar. Estaba oscuro dentro del acantilado, reinaba una noche continua, pero no completa. Algo de luz provenía del profundo subsuelo. Y las paredes centelleaban con un brillo de ópalo. Apagamos nuestras antorchas, esperando que nuestros ojos se acostumbraran a la oscuridad. El destello de las piedras preciosas que cubrían el piso de la galería se hizo más fuerte. Nos pareció como si estuviéramos caminando sobre un suelo de piedra a través del cual fluía la corriente eléctrica, generando un suave juego de luz débil.

El arqueólogo Yefremov estaba examinando de cerca los muros y los techos de la cueva. Su antorcha dejaba un rastro parecido a una luciérnaga, dando lugar a reflejos en lugares inesperados. Después de, quizás, un cuarto de hora dejó escapar un grito. En una pared encontró una hilera de líneas complejas, tal vez una inscripción completa en signos complejos, que llamó runas. Me detuve a mirar el dibujo. Lo que vi me obligó a retroceder. He visto signos similares antes.

Mientras copiaba los signos, dibujaba en su cuaderno algo más atrajo nuestra atención: en el lado sur, el piso de la galería se desmoronaba, dejando una forma parecida a un cráter y terminando de nuevo en grietas estrechas; algunas eran del tamaño de una mano, otras eran tales que podían dejar pasar a un hombre. Algunas de ellas eran nichos ciegos tallados en piedra, otras conducían hacia abajo, a una mayor profundidad bajo tierra. Y el centelleo también venía de allí, y parecía más intenso que lo que descubrimos en la galería.

Sentimos una emoción, como si estuviéramos a las puertas de un gran descubrimiento; como si nos metiéramos en la cueva de un dragón donde el resplandor provenía de un tesoro oculto.

Con tal espíritu, ya no nos sentíamos cansados, solo queríamos seguir descendiendo a las cámaras inferiores, que esperábamos encontrar allí. ¿Pero qué esperábamos encontrar allí? Esta es la fiebre que a veces supera a los exploradores, como El Dorado sentido por los buscadores de oro.

Yefremov era bastante ardiente; tal vez esperaba encontrar más evidencias de la presencia humana, y que sería recompensado con algún descubrimiento especial: fósiles, pinturas rupestres, útiles de la edad de piedra... El geólogo estaba examinando muestras; los elegidos los dejaría en una mochila que llevaba a la espalda. Los demás estaban investigando seriamente las paredes y los huecos verticales, lanzando miradas ocasionalmente hacia las profundidades, bajo nuestros pies, que parecían una red densa. En ese momento sugerí que detuviéramos nuestra búsqueda. El día se acercaba a su fin; era muy tarde.

El líder de la expedición asintió; empezamos a prepararnos para el regreso. En las miradas pudimos reconocer una decepción. El celo disminuyó repentinamente. Aún así, había razones para esa decisión. Regresamos a la superficie después de casi dos horas de escalada como si emergiéramos de lo desconocido, de algún otro mundo, al otro lado de lo común. Aquí, los mongoles de nuestro grupo nos esperaban sentados en el césped mientras fumaban.

Una vez más volvimos a la entrada del metro, ocultos tras la más alta de las torretas rojas. Tal vez fue un mes después de nuestro primer descenso. Esta vez solo éramos tres. Ocurrió casi en secreto, sin un informe oficial o una nota. Debajo de la primera galería había un espacio mucho más grande, una gran cavidad dentro del núcleo de la Tierra; estaban interconectados con una red de pasajes secretos, algunos de ellos, como pensaba Yefremov, excavados con manos humanas.

Fuimos ampliamente recompensados por nuestra audacia. La Gran Madre nos abrió uno de sus tesoros secretos. En primer lugar, vimos un techo de piedra, un inmenso techo que desaparecía en la oscuridad y una suave luz verde, cuyo final no podíamos comprender.

Pasamos un área de estalactitas y estalagmitas, que formaban hermosos pasillos, y algunos de ellos parecían hechos para enanos, y otros para gigantes. Andamos sobre una cresta en un acantilado. Bajo nuestros pies apareció una escena magnífica. ¿No entramos en una cámara que aún conservaba la opulencia de la Edad de Oro, o al menos un recuerdo de ella? Estábamos mirando un bosque de cristal; un bosque hecho de monolitos, cristales con brillo de amatistas, esmeraldas, ágata, ópalos... Un bosque que cobró vida bajo los rayos de nuestras antorchas, que usamos para iluminar nuestro camino, revelándose en un espectro de colores, y cuyos troncos asumieron de repente un brillo fantasmagórico. Después de una larga estadía en la oscuridad, este maravilloso juego de luz nos cegó, sentimos mareos y luego dolor en los globos oculares.

¿Qué teoría geológica explicaría este milagro que entró en nuestra visión en lo más profundo de la Tierra? ¿Para qué ojos se hizo este espectáculo? Tal vez ningún ser humano dio un paso en estas maravillosas cámaras durante miles de años.

Cerca de la pared lateral de una cueva, se abría un pasaje y parecía que había un camino. El camino estaba cubierto con algún tipo de polvo de cristal, debajo del cual había cristales en miniatura visibles y piedras de colores. Noté una piedra con un brillo rubí, y me la metí en el bolsillo. Sin embargo, el muro parecía una roca quemada con fuego proveniente de la profundidad de la Tierra, o del Cosmos. Esos fuegos solo tienen lugar durante la creación del mundo. La piedra se transformó en vidrio, y en algunos lugares permaneció opaca y mantuvo el color negro y gris de las rocas.

En esta superficie había letras inscritas; doce letras en total. Éstas fueron impresas o grabadas en la superficie dura. Las examiné con la punta de mis dedos, como si no pudiera contener mi incredulidad o emoción.

El arqueólogo se inclinó sobre ellas, hablando de manera inconexa sobre las runas, sobre una escritura desconocida, sobre un idioma perdido y sobre nosotros, personas desconocidas. O eran unos dibujos abstractos, símbolos incogitables a partir de los cuales surgirá, durante siglos, en una época indeterminada de la protohistoria, la escritura humana más antigua.

«¿Le gustaría saber el significado exacto de la inscripción? —le pregunté a Yefremov, sin apartar los ojos de la inscripción— Ya he visto la inscripción. No son runas, sino las letras del alfabeto Vattan. El significado literal es: "Estas son las puertas de Agartha"».

El arqueólogo me miraba incrédulo. Pensó que lo que le acababa de decir era una broma. «Agartha es un mundo subterráneo —dije con calma— Un mundo habitado por personas, o seres muy similares a ellos en su encarnación; un mundo que vive su propia vida independiente, y cuya existencia la humanidad actual desconoce».

«De un explorador de la Antártida escuché sobre una leyenda de Ningens: son seres similares a los humanos, de hasta treinta metros de altura, humanoides que resurgen repentinamente de las profundidades del océano y se sumergen nuevamente. Esta es la única comparación digna de los habitantes de Agartha. De hecho, los Ningens son seres que habitan en Agartha. ¿Quién puede presuponer qué secretos guarda la profundidad de la Tierra? Y aún así, Agartha influye en todos los acontecimientos que suceden en la superficie, en su forma sutil e invisible, y estas influencias a veces son benignas y otras malignas. Este centro oculto, el centro invisible de la humanidad, dirige el flujo de la historia del mundo».

«Su existencia fue hasta hace poco uno de los secretos más celosamente guardados del Este. En el interior de la Tierra hay numerosos pasajes excavados, creando una red única que conecta tierras y continentes. Existieron incluso en el Neolítico; según muchas opiniones, incluso mucho antes que este momento. Desde hace algún tiempo, las entradas están selladas. Pero incluso si las entradas no existieran, la influencia del reino subterráneo en la humanidad en la superficie de la Tierra no sería menos importante».

«Su enigmático gobernante tiene el poder de conocer la mente de cada ser humano. Él escucha lo que estamos diciendo aquí, y puede leer nuestras mentes».

Una historia sobre Agartha

Espero que el lector me perdone por esta introducción erudita de la mano de un escriba.

La historia sobre Agartha llega a Occidente desde dos fuentes independientes.

Agartha es un reino oculto subyacente, poblado por personas dotadas de poderes milagrosos, personas que viven con una sabiduría y riqueza inmensa, pero Agartha es aún más que eso: es un centro espiritual de la humanidad, dirigido por un gobernante oculto, el señor supremo de su jerarquía iniciática — su título es el de «Rey del mundo».

«Una obra póstuma de Saint-Yves d'Alveydre titulada *Mission de l'Inde en Europe*, y publicada en 1910, —nos informó René Guénon— contiene una descripción de un centro de iniciación secreto llamado Agartha».

En el libro *Bestias, hombres y dioses*, publicado en 1924, Ferdynand Ossendowski nos habla sobre su tumultuoso viaje a Asia Central, que tuvo lugar durante los años de 1921 y 1922. Existe un momento, afirma Ossendowski, en el que la quietud prevalece sobre el mundo: cuando los animales salvajes se detienen en su carrera, los caballos se paran a escuchar, los pájaros interrumpen sus vuelos, y los viajeros se paran en un desierto. Hordas de ovejas y yaks yacían en el suelo, y los perros dejaron de ladrar. El viento disminuyó y se transformó en un lento temblor de aire, y el Sol se detuvo en su movimiento. Por un momento, el mundo entero se hundió en la quietud. Una canción desconocida impregnó los corazones de los animales y las personas; este es un momento en que el Rey del mundo habla con el mismo Dios, y las lenguas de fuego escritas en letras del alfabeto Vattan brotan de su altar.

Agartha, el supremo centro espiritual y metafísico de la humanidad, alega esta leyenda, no siempre se escondió debajo de la tierra, ni permanecerá para siempre allí. Esa condición corresponde al estado de caída de la humanidad, una era de oscuridad y confusión, que, como se dijo, se prolongó durante los últimos seis mil años. En el año 1890, el Rey del Mundo supuestamente dio la siguiente profecía en el monasterio Narabanchi: «Llegará un momento en que la gente de Agartha salga de sus cuevas y aparezca en la superficie de la Tierra».

Y continuó: «Con cada día que pase, los hombres se olvidarán de sus almas y solo cuidarán de sus cuerpos. La mayor corrupción tomará las riendas de la Tierra. Los hombres se verán cada vez más como animales, sedientos de la sangre de sus hermanos. La luna creciente se oscurecerá y sus adeptos descenderán a la pobreza y a la guerra continua. Sus conquistadores serán heridos por el Sol, pero no se levantarán dos veces; la mayor desgracia caerá sobre ellos y serán insultados por otras personas. Los océanos se volverán rojos... La Tierra y el fondo del mar se cubrirán de esqueletos, los reinos se dividirán y las naciones enteras serán asesinadas...».

«Aparecerán personas desconocidas hasta entonces, y con una mano fuerte eliminarán la locura y el vicio, y llevarán a los leales al espíritu humano a una batalla contra el mal. Establecerán una nueva vida en la Tierra, purgada por la muerte de las naciones. Durante cincuenta años habrá sólo tres reinos, que vivirán felices durante setenta y un años. Después de esto habrá períodos de diez y ocho años de guerras y cataclismos...»

El nombre Agartha, según el esotérico Guénon, significa «inaccesible» e inconquistable (pero también «inviolable», ya que Agartha también es «un lugar de paz», «Salem»). Además, este autor está vinculando a Agartha con la Luz de Oriente por el esoterismo islámico. La Luz del Este, por cierto, no es más que la Luz del Norte, ese Norte Dorado mencionado por los escritores clásicos. En otras palabras, Agartha es solo una de las proyecciones del Polo, del Polo Norte, Hiperbórea o el Paraíso, que se mueven durante la historia desde el Norte hacia el Oeste y desde el Sur hacia el Este.

Existe, por nombrarlo, el Polo Absoluto. Agartha es una proyección oriental del Polo Absoluto. No podemos buscar ese Polo místico sobre la superficie de la Tierra, en la cima de la montaña Mer, como lo fue en la Edad de Oro, en el ciclo hiperbóreo, sino solo por debajo; y no en el hielo polar del Ártico, sino al Este del continente euroasiático. Emanuel Swedenborg hizo una misteriosa advertencia: que en nuestro tiempo podemos encontrar «la palabra perdida» solo con los sabios tártaros y tibetanos, en el Este.

Aún se mantiene un contacto con este centro, como afirman algunos autores. durante casi todo el ciclo histórico del Oeste. Ha sido sincero y real todo este tiempo. Pero la última proyección del Polo Norte: está en el Este, el santuario del Rey del Mundo se está volviendo cada vez más inaccesible y misterioso.

Fue interrumpido solo a fines de la era histórica. Guenon cita que sucedió poco después de la «Guerra de los treinta años»: más precisamente en 1648, con La Paz de Westfalia, cuando los verdaderos Rosacruces, los doce en total, abandonaron Europa y se retiraron a Asia, en Agartha.

Ossendowski usó el nombre del reino subterráneo como Agharti, como señaló Guénon, mientras que Saint Yves usó la forma Aghartta, «en tanto se mantenía en contacto con al menos dos personas en la India». Saint Yves se inspiró en los orígenes hinduistas, mientras que Ossendowski se basó en los orígenes lamaistas, y eso explica el hecho de que esta misteriosa leyenda del Este llegase a las personas en el Oeste en dos variantes diferentes. La leyenda es conocida en las dos tradiciones diferentes de Oriente: la budista y la hinduista, que permanecen misteriosas pero vivas hasta hoy.

En un libro publicado en el siglo XVII en Leiden, se mencionó a la ciudad de Agartus Oppidum, y supuestamente existe en Egipto, en el delta del Nilo. Este hecho era desconocido para Guénon. Lutius Ampelius, autor latino del siglo III, afirmó que había una estatua con las manos de marfil y un diamante brillante en la frente en esa misteriosa ciudad. Esta estatua provocaría el miedo y el pánico en animales y hombres, y especialmente entre los bárbaros. La palabra *oppidum* en latín significa una elevación, fortificación o colina. El significado de la palabra *Agartus* es desconocido. No tiene ningún significado en latín.

También se observó que había una ciudad llamada Asgarta hace mucho tiempo en Midas, cerca de la costa sur del Mar Caspio. Ptolomeo agregó que los ciudadanos de esta tierra se llamaban a sí mismos Sagarts, y Heródoto afirma que 8000 de los Sagarts (los ciudadanos del país perdido) estaban en el ejército del rey persa Darius. Asgard, la mítica ciudad de los Ases, o Arios, fue la capital de Sarmat-Roxolan, que algunos exploradores equiparan con Agartha. Otros piensan que Agartha era exactamente esa ciudad mencionada por Lucius, situada en la costa del Nilo. Es un error, el mismo cometido por otros con respecto a Atlantis o Thule. Agartha es, de hecho, una Thule, una en una cadena de Thules que aparecen en diferentes momentos en distintos meridianos. Lo mismo puede decirse de sus misteriosos ciudadanos, que a veces salen a la superficie de la Tierra.

El nombre Agartha era conocido desde la Antigüedad, desde los inicios de la historia, y se puede encontrar en todas partes, desde el Antiguo Egipto hasta Bactria como su proyección, su representante en la Tierra, en realidad como su variante secundaria; como lo es toda Thule, e incluso la Atlántida, sólo una proyección de la primordial y primera Thule hiperbórea, la erigida con las manos de los dioses del pueblo en la mañana de los tiempos.

Los representantes del Rey del Mundo todavía deambulan por el mundo. En los viejos tiempos, eran reyes, sacerdotes, príncipes ungidos, profetas y maestros espirituales. La multitud de hoy no los reconoce y no entiende sus palabras.

Una conversación con un experto Lama (Una historia sobre Agartha continúa)

«UNA TRIBU MONGOL estaba huyendo de Genghis Khan —me dijo Jamsrapha mientras estábamos sentados en su yurta— y encontraron una entrada al subsuelo de la que nunca regresaron. Estaba cerca del río Amil». Tuvimos esta conversación en el verano del 195X, en un valle del río Uburtelin-Gol, durante una expedición en el Altai mongol, mencionado al comienzo de estas notas. Algún Lama vio una inscripción en el páramo del Himalaya, que no pudo descifrar. Solo antes del final de su vida descubrió su verdadero significado. En letras del alfabeto Vattan fue escrito: «Estas son las puertas de Agartha». «Un cazador encontró una puerta que conducía al reino subterráneo. Cuando regresó, habló sobre lo que vio allí, y esa fue la razón por la que los lamas le cortaron la lengua. En su vejez regresó a la entrada de la misteriosa cueva y desapareció para siempre en Agartha». Las palabras que el Lama estaba articulando se dirigieron hacia el arqueólogo Yefremov. No había nada nuevo o desconocido para mí sobre lo que dijo; además, él expresó mis pensamientos ocultos, aquellos que me resultaría difícil transmitir a nadie. Y esto fue solo una introducción a su historia:

«Hace algún tiempo (y se trata de varios miles de años atrás), —continuó Lama con voz tranquila— después de la catástrofe que sucedió a la humanidad de esa época, algunas personas antiguas encontraron un refugio profundo y subterráneo. La historia antigua transmite lo que sucedió después del diluvio, lo peor de todo lo que aconeció en la Tierra, seguido de terremotos e incendios. Este es el diluvio del que habla el filósofo Platón. Eran muy diferentes de los hombres de hoy, casi tanto como los hombres de hoy difieren de los animales. Esos pueblos antiguos eran más parecidos a los Dioses, o eran sus descendientes: "Las hijas de la tierra", dicen los libros sagrados, "en esa época antigua se mezclaban con los Dioses y tenían hijos e hijas"».

«Es inútil desperdiciar nuestras palabras en su fuerza física, lo que les permitió hacer frente a las bestias más fuertes. Además, estaban dotados de poderes inconcebibles para nosotros. La telepatía era uno de ellos, en ese momento tan ordinario como lo es el don de hablarnos. Incluso conocían el lenguaje olvidado de las aves, que hoy solo usan ángeles. El lenguaje que aún vive en la poesía, la poesía en su más alto significado, y se percibe en los ritmos y modalidades de los libros sagrados. Pero más que eso, esas personas poseían el conocimiento que los hizo mucho más sabios que nuestros contemporáneos. En lo profundo de la clandestinidad, continuaron apreciando las enseñanzas que hoy se pierden en su mayor parte.

«Por mucho que suene extraño para los contemporáneos, todas las ciencias se originan en Agartha, aunque en su forma distorsionada y profana. Pero parte de ese conocimiento aún se puede encontrar en diversas historias y enseñanzas secretas en la superficie de la tierra, las enseñanzas que llamamos tradición. Me estoy refiriendo: las enseñanzas secretas, no porque estén ocultas intencionalmente a la humanidad actual, sino porque la mayoría de las personas no pueden reconocerlas ni comprenderlas. Son esas perlas arrojadas frente a los cerdos, mencionadas en el Evangelio. ¿No está hablando el apóstol Pablo al respecto en la Epístola a los Hebreos?: «Sobre este asunto todavía tenemos mucho que decir y mucho que explicar, ¿se hizo lento en la comprensión? Agartha y las personas que la pueblan todavía tienen a su disposición una tecnología altamente desarrollada, heredada de la civilización de la Atlántida, que desapareció hace unos diez mil años».

«Agartha no es solo un reino, sino también un centro espiritual, un centro que existió para siempre, pero hoy está oculto. La tradición dice que está escondido en algún lugar del Este, en tierras inaccesibles y lejanas, en un páramo sin caminos. El camino a Agartha solo puede encontrar a los invitados. Su soberano es el Rey del Mundo, que hoy es invisible para la gente común; de vez en cuando aparece en la superficie y camina sin ser visto entre los mortales. Algunas veces el Rey del Mundo expresa algunas de sus profecías».

«El Rey del mundo, a saber, no es un gobernante similar a los demás: es antes que nada un instrumento de la Providencia. Él es el ejecutor del pensamiento Divino y un superior de la jerarquía espiritual presente desde la creación del mundo. El Rey del mundo es Melquisedec, el ungido de Dios, el rey de la justicia. Es un descendiente legítimo y heredero de la dinastía del sol: un rey y un sacerdote al mismo tiempo. Agartha es, por lo tanto, un centro espiritual y religioso de la humanidad. Su influencia está oculta por ahora, pero la entidad del Rey del mundo no se ve interrumpida incluso en los períodos de grandes confusiones y oscuridad. En realidad es solo eso lo que mantiene el mundo en marcha, aunque en nuestro tiempo es más como la luz de una vela que ilumina la noche. Es poco pero suficiente. Se dice que incluso los tres sabios que vinieron a saludar al Jesús recién nacido fueron emisarios del misterioso reino de Agartha. Solo ellos acudieron a saludar la venida del Salvador, el verdadero hijo de Dios, el décimo y último avatar.

¿Cómo permaneció desconocido todo esto para la humanidad actual, que no deja de hablar sobre el progreso de la ciencia y el aumento de su + conocimiento? Si existieron tantos pueblos en la Tierra, y si existen incluso ahora en su interior, entonces, ¿cómo es posible que esto no sea conocido por la ciencia moderna y aún no se haya descubierto una prueba de su existencia? ¿Cómo es posible que tanta civilización antigua y sagrada desapareciera sin dejar rastro de la faz de la Tierra, sin dejar al menos algunos artefactos que pudieran ser accesibles para los científicos y hacerlos un tema de su interés?

Al decir esto en voz alta, el Lama hizo una pregunta que el arqueólogo pretendía formular. El Lama estaba, pensé, leyendo sus pensamientos. «Al descubrir las civilizaciones antiguas y traer sus restos a la luz del día, los arqueólogos actuales están liberando unas fuerzas con las que no están equipados para lidiar. Incluso sin sospechar nada sobre su existencia. Las fuerzas a las que se dirigen están más allá de sus modestos poderes. No son sólo artefactos de civilizaciones antiguas, los restos muertos de las épocas históricas anteriores: también son almas de los muertos, objetos muertos y humanos, que pueden convertirse en medios mágicos, especialmente en manos de los magos. Incluso cuando los están escondiendo o destruyendo, cumplen los objetivos que son superiores a ellos».

«Desafortunadamente hoy en día los científicos no son conscientes de esto, ya que no tienen ningún conocimiento sobre los objetos de sus hallazgos. Las pirámides se atribuyen constantemente a la civilización egipcia, y hoy en día los científicos sólo ven en ellas las tumbas de los faraones. Nada es más falso y erróneo que esto. Las pirámides son los objetos sagrados de la antigua Atlántida y están dispersos por casi todo el mundo. Ni siquiera comprenden que bajo las patas de la Esfinge hay historias ocultas y olvidadas por la humanidad. La esfinge, el guardián secreto con superpoderes, una bestia con cuerpo de león y cabeza humana, no deja de sonreírnos y presentarnos acertijos. Es un mal augurio que el rey Edipo escuchase una carcajada. Además, es un hecho menos conocido que también aparece en el hinduismo, en los templos dedicados al dios Shiva, donde se le conoce como "Purushamriga", como una bestia humana. Sus patas ocultan las cámaras subterráneas que contienen bibliotecas talladas en granito, los libros que descubren el pasado más antiguo de la humanidad. Estoy hablando de la cámara secreta de las notas. Es extraño que todos los exploradores del antiguo Egipto y los misterios del viejo mundo se lo hayan perdido».

«¿Cómo pudo pasar esto? Debemos tener en cuenta que el mundo cambió su apariencia varias veces, desde la antigüedad hasta hoy. Este no es un cambio accidental en la superficie, causado por algunos culpables externos, como creen los científicos de Occidente, sino un cambio profundo, algo que penetra en la organización del mismo mundo».

«No solo las condiciones externas han cambiado sino que el mundo cambió en sí mismo. Podemos decir lo mismo respecto a la gente;

Están estrechamente conectados. Los miembros de las viejas razas no tienen similitudes con la humanidad moderna. Incluso en un sentido físico, el hombre moderno es solo una triste caricatura del hombre antiguo. El error de los hombres modernos es que miran a todas partes, y al final solo encuentran a aquellos similares a ellos. De esto se desprende que una cortina invisible fue derribada en el pasado. Los seis mil años, esto es, aproximadamente, un límite después del cual su visión no penetra en el pasado. Este es el comienzo del período final del cuarto y último Yuga. Una destrucción se cierne sobre la humanidad. Esta es la época del gobierno del Anticristo, sobre la cual hablan los libros sagrados cristianos: su Sagrada Escritura, que estudiamos con mucho cuidado».

«El Lama se detiene por un momento, cubriéndose la frente con las palmas huesudas, y luego agrega algunas notas inusuales: «Una vez en los viejos tiempos, dicen las leyendas que las piedras preciosas estaban dispersas por todas partes en el suelo, y los diamantes eran algo muy común, como las piedras más ásperas de hoy. Pero estas mismas leyendas están advirtiendo que un tesoro en manos de los no invitados se transforman en carbón, basura o piedras ordinarias, y trae la peor desgracia. Nadie puede usurpar el oro para sí mismo. Estás buscando en vano El Dorado y el jardín del Edén». La gente de Agartha saldrá a la superficie nuevamente. Esta es una profecía del Rey del Mundo, que puede hablar con el mismo Dios. Eso es lo que va a suceder, pero hasta que lo haga, y hasta que llegue ese momento, Agartha permanecerá oculta a los ojos de los indignos. Agartha no quiere ser descubierta todavía. Para que eso suceda, para que la gente de Agartha salga a la superficie, el mundo debe cambiar, y en sus cimientos más profundos. Además, si los ciudadanos de Agartha salieran a la superficie hoy, se dispersarían en polvo y cenizas. Mientras tanto, el mundo ha cambiado, en tanto que sus cuerpos permanecieron sutiles y delicados. Como la mente de los pueblos antiguos, la Generación primigenia también lo hizo en comparación con la nuestra. Las gemas desaparecieron del suelo, lo que queda es solo piedra áspera; sin embargo, no desaparecieron en el subsuelo. Solo un hombre duro y moderno puede soportar las condiciones que existen aquí en la Tierra, en su superficie».

La Hermandad Oscura

Los indios Pueblo creen que sus ancestros divinos vinieron de la profundidad de la Tierra, que está conectada con su superficie con la ayuda de la gran abertura en el Norte. Las leyendas navajo enseñan que sus antepasados vinieron del subsuelo. Se cree que estos pueblos antiguos tenían poderes sobrenaturales, y la gran inundación los obligó a abandonar sus residencias. Cuando se encontraron en la superficie, transfirieron sus conocimientos a la raza humana, y luego desaparecieron, en busca de sus antiguos santuarios. Los esquimales en el extremo Norte saben acerca de la raza que vive en las profundidades del núcleo de la Tierra. Lo escuché de un chamán navajo, que me contó algunas otras historias igualmente increíbles. Fue en el verano de 1937. Estábamos sentados en el suelo frente a su hogan, una casa construida de madera y barro, en el Embalse Navajos, en el sureste de Arizona: «Hace algún tiempo un arqueólogo de California que estaba por aquí, deseando explorar las ciudades antiguas que se pueden encontrar desde este lugar hasta Juta estaba tratando de disuadirlo de esa idea; no me gustó. Me describió un episodio que experimentó hace unos años en Yucatán».

«Junto con seis de sus amigos bajó a la cueva Loltuna. Su nombre significa "Una flor en piedra". La cueva es enorme, y muchos corredores y pasillos estrechos se agregaban, por lo que no era inusual que pudieran perderse. Al final, su exploración se convirtió en un paseo de terror en el oscuro laberinto. Pensaron que habían terminado cuando vieron una luz débil. Vislumbraron una antorcha en las manos de un ermitaño, que se acercaba a ellos con pasos temblorosos. ¿Puedes imaginar su asombro cuando se dieron cuenta de que el viejo estaba completamente ciego? Les dijo que había vivido durante un par de años en el subsuelo, en lo profundo de la cueva de Loltuna, y que rara vez salía a la superficie. Afirmó que era vidente y que los encontró con la ayuda de su visión interior. Llevaba la antorcha para iluminar el camino hacia los perdidos. Todo esto parecía una historia increíble para ellos, por lo que le preguntaron cómo encontró comida y bebida».

«Respondió que fue atendido por sus amigos, que vivían incluso a mayor profundidad, en una magnífica ciudad subterránea. Luego les mostró cómo regresar a la superficie y, como un mago desapareció en una cueva. Creo que este anciano conoció a los residentes de Agartha, cuyas ciudades se encuentran en todos los continentes y lo cegaron para ocultar sus secretos. Los apaches afirman que sus antepasados provenían de una isla en el mar oriental que tenía ciudades y puertos. Luego vivieron en los túneles subterráneos. Los Votanes eran reyes de las serpientes, que llegaron del este, a través de los pasajes excavados en el subsuelo. Los sabios de los zapotecas enseñan que su tribu, en los tiempos anteriores al Gran Diluvio, solía vivir en el esplendor de ciudades y cuevas».

«No lejos de la costa de Florida, en el fondo del mar, descansan los restos de alguna gran civilización; ciudades de piedra y pirámides, cuyo camino se puede seguir hasta el Caribe y Cuba. Hay cosas similares en las costas de Europa y Asia. Algo similar se puede encontrar en las montañas de Perú, en la costa del Lago Titicaca, a tres metros de la altura del mar; edificios ciclópeos que los humanos modernos ven como construidos por gigantes. Su fechación, si tiene algún sentido en comparación con la edad humana, se calcula en miles de años. Ahora estas ciudades y templos de los antiguos descansan en el fondo del océano. Esta es una consecuencia del Gran Diluvio que en los viejos tiempos cambió la faz de la Tierra, y nuestras leyendas hablan de ello. La historia sobre la Gran Inundación también es conocida por los blancos, pero no solo por ellos. Los incendios e inundaciones asolaron el mundo de esa época, trayendo una ola de muerte a las personas y a los animales, elevando e inundando vastas áreas, todos los continentes, y duró hasta que el mundo adquirió una forma actual. Así es como desapareció lo antiguo. Las pirámides de ambos lados del Atlántico supuestamente ocultan entradas a ese inframundo. Hoy en día, los nuevos maestros de América se enorgullecen de sus edificios, los más altos y más grandes del mundo, pasando por alto que en todo nuestro continente hay rastros de los viejos edificios, que resistieron terremotos, incendios e inundaciones durante miles y miles de años».

«Las habilidades modernas de las que están tan orgullosos, en ningún caso coinciden con las habilidades de los antiguos, en la medida en que los constructores actuales de rascacielos y puentes no podrían repetir los esfuerzos de los constructores de las pirámides. Además, pasan por alto algo más: que su presencia silenciosa representa una advertencia para la gente moderna. Esto lo entendieron bien nuestros antepasados, quienes huyeron de las ciudades, llevando vidas simples de cazadores, guerreros y nómadas. Los blancos recuerdan otro mito similar, el de la construcción de la Torre de Babel. Hace más de diez mil años, realmente existía una civilización altamente desarrollada técnicamente, que se extendía sobre una gran parte de la Tierra, en muchos continentes. Las cuevas con las tumbas de estas personas se pueden encontrar en lo profundo de la montañas (bajo nuestra perspectiva, eran gigantes reales, de más de seis pies de altura). Tú lo llamas Atlantis, y nosotros lo recordamos con otro nombre, como Aztlán, y es recordado por muchas otras personas de ambos lados del Atlántico».

«Sí, hubo una vez que los hombres-gigantes solían caminar por la Tierra, y había enormes ciudades y máquinas, y su sociedad era mucho más avanzada en comparación con los inventos del Occidente moderno. Por otra parte, hubo armas, incomparablemente más poderosas que todas las armas actuales, con los rayos que podrían causar la muerte inmediata y la destrucción, o provocar terremotos seguidos de incendios, que causaron la devastación en la faz de la Tierra».

«La puesta de sol de esta civilización comenzó con una pérdida del equilibrio interno, con un eclipse espiritual, que causó nuevos estímulos o viejas animosidades. Algunos dicen que la Hermandad Oscura surgió dentro de esta antigua civilización; otros mencionan las divisiones que tuvieron sus raíces en un pasado mucho más profundo, el que precedió al establecimiento de la Atlántida, desde el momento de la creación de la raza humana, y del que mejor no hablamos. De cualquier manera, la guerra que libraron los antiguos comenzó de repente, y alcanzó su culminación rápidamente, amenazando con la aniquilación de toda la humanidad. La gran inundación fue sólo su consecuencia. El cielo se volvió rojo sangre un día, y luego se oscureció. Los innumerables relámpagos rasgaron el cielo. Los mares y la tierra se volvieron rojos de la sangre de los gigantes. El sol se escondió detrás de las nubes, las cuales estaban hechas de humo y cenizas, y esto duró algunos años. Muchas especies animales se extinguieron. Las personas que sobrevivieron regresaron a las profundidades del subsuelo, y la superficie de la Tierra se pobló con una nueva raza; raza de la gente actual, la menos digna de todas».

«Los blancos están creando una nueva Atlántida en el suelo de América, sin darse cuenta de lo que están haciendo. No importa si lo están haciendo por ceguera o por ignorancia, o si están poseídos por demonios, por los fantasmas de ese mundo embrujado, bajo las olas de los océanos, pero el destino de esta antigua civilización se repetirá. Son herramientas en manos extranjeras. Las armas para la destrucción ya han sido creadas, casi tan poderosas como las anteriores. El mundo que podemos ver ahora se hundirá en el océano; la Tierra se abrirá y apagará el fuego desde adentro. La catástrofe entrante sólo podría ser prevenida o detenida por los antiguos, que ya he mencionado. Pero las viejas divisiones entre ellos continuarán, con el mismo estilo. El destino de nuestro mundo dependerá de los resultados de la lucha espiritual que ya ha estado sucediendo entre los ungidos en la superficie y los residentes del subsuelo. La gente común no es consciente de esto en absoluto. Y esta lucha es tan brutal como la del pueblo. Las vidas de millones de personas no significan mucho, ni significan nada para los antiguos, para quienes somos como insectos que se deslizan sin rumbo por el suelo».

Las siguientes palabras las dijo con una voz mucho más tranquila, ya que me confiaba un secreto estrictamente guardado: «En lo profundo de la tierra, sobre los Dioses y los humanos, hay un reino secreto gobernado por el Rey del mundo. Se sabe poco acerca de él, y aún menos se sabe con certeza. Incluso aquellos dedicados a los misterios más profundos susurran sobre ello. En las leyendas de muchas personas encontramos cuidadosas alusiones a su existencia. Sin embargo, solo los únicos, solo aquellos que escalaron la jerarquía espiritual, son capaces de comprender el susurro del Rey del mundo. Sus oscuras palabras solo son comprensibles para ellos».

El sol se estaba poniendo en la pradera, una mujer india pasaba entre hogans con un niño en brazos. En el camino que conduce al pequeño pueblo de Window Rock, se levantó un remolino de polvo rojo.

La cara del chamán, el curandero, mostraba fatiga e indiferencia.

«El mundo ha sido creado cinco veces. El quinto mundo es en el que vivimos. Pero, está llegando a su fin. El destino de la gente es incierto. Seguiremos en el inframundo».

«Deseo creer que el Rey del mundo y sus devotos ayudantes velan por el destino de la gente, y que su actividad secreta detendrá a la Hermandad Oscura que ha estado dirigiendo el destino de nuestro mundo de una manera desafortunada durante miles de años».

Una historia de Agartha

El secreto de los lamas rojos y amarillos

En Yarlung, en el Valle de los Reyes en el Tíbet, el experto Lama Robsang me habló una vez acerca de una puerta herméticamente cerrada que conducía directamente al vientre de la Tierra. Detrás de ésta, supuestamente, siempre brota un humo pesado. Tiene sus guardianes invisibles, y todo está rodeado de un miedo supersticioso. Me confiaba un secreto bien guardado. Parecía que me estaba acercando a resolver un enigma de miles de años (decenas de miles, me corrigió Jamsrapha con una voz que negaba cualquier objeción).

Pensé en los mundos ocultos en el subsuelo, y en la Tierra abierta en sus Polos — en el Sol subterráneo de Agartha, que calienta las cuevas y los pasadizos secretos donde ningún ser humano pone su pie, con su calor beneficioso. El Lama Robsang en realidad habló sobre el paraíso subterráneo, o más bien, sobre el verdadero Edén que se ha ubicado en algún momento bajo la superficie de la Tierra. Pensé en la Tierra Hueca de Edmund Halley, el astrónomo de la corona inglesa, con sus esferas giratorias; sobre el subsuelo siempre iluminado por los dos soles llamados Plutón y Proserpina.

También pensé en los antiguos pueblos y tribus, desconocidos o ampliamente olvidados en Occidente, que fueron gobernados por un misterioso Brahmatma sentado en su alto trono de piedra, rodeado de miles de dioses encarnados. Alrededor de su trono se extendían los magníficos palacios de Goro, que gobernaban las fuerzas terrenales, visibles e invisibles. Bajo sus mandos, reclaman los Lamas, crecen hierba y árboles, y los muertos consiguen resucitar. Pero, sobre todo, pensé en la plenitud desaparecida de la edad de oro. Se nos revela hoy en imágenes tan maravillosas: tesoros llenos de piedras preciosas y pepitas de oro, escondidos en el vientre de la Tierra.

Este es «el secreto de los secretos» sobre el que cantan los lamas rojos y amarillos y susurran los monjes tibetanos con una humildad piadosa.

Creen que nuestros pensamientos pueden predeterminar eventos y pueden leerse como un libro abierto. Y que el Rey del Mundo actúa todos los días, determinando el destino de cada ser humano y de cada nación, ya que tiene el poder de levantarlos o destruirlos. Solo a él se le permite leer del *Gran Libro del destino*.

Este es uno de los secretos más cuidadosamente guardados de Oriente, que en Occidente sólo unos pocos conocen. No lejos de aquí, me dijo, los reyes tibetanos fueron elevados hacia el cielo. Mucho más tarde —cuando llegue su momento— desaparecerían en el reino subterráneo, abriendo esa puerta sellada que mencionaba el respetado Lama. ¿Debería haber creído esto? Dos días antes, noté un sendero de carruajes y pasos en la nieve, en un lugar que no deberían encontrarse.

El viento, un viento espeluznante y frío, estaba congelando mis huesos y la sangre en mis venas, al soplar sobre la llanura.

Traía nieve, algo de polvo duro y un olor a humo, que estaba picando mis ojos y pellizcando mis fosas nasales. Había un pueblo tibetano no muy lejos de aquí, alrededor del cual se alzaban carpas negras.

Pude escuchar un disparo, o su eco lejano.

Estaba enhebrando el suelo congelado, mientras me deslizaba sobre la piedra lisa, a través de las rocas con bordes afilados.

Se podía escuchar el ladrido de perros en oleadas. Algo era inquietante, o los asustaba antes del amanecer, en un crepúsculo gris. ¿Tal vez la sombra de Goro? ¿O una presencia de seres más temibles que los Ningens?

Me sentía severamente mareado y con ganas de vomitar debido a la falta de aire. Al amanecer se estaba formando una espesa niebla, pero a través de esta cortina gris solo las montañas tibetanas eran visibles en un contorno tenue...

Parte II

Descenso a Agartha

Una nota importante

EL ESOTÉRICO FRANCÉS René Guénon, quien escribió sobre Agartha mucho antes, afirma que nunca existió una traducción al ruso del famoso libro *La misión de la India* de Saint Yves d'Alveydre. De esta premisa errónea se deriva toda una serie de conclusiones importantes e igualmente erróneas. Una de ellas es que Agartha es un secreto de Oriente (exclusivamente), y que la gente de Occidente lo desconocía.

La traducción al ruso de este libro realmente existió, ya que lo tuve en mis manos cuando era niño; y en la misma biblioteca de mi abuelo, como descubrí un poco más tarde, también estaba el original: *Mission de l'Inde* o *Mission de l'Inde en Europe*, la edición francesa de 1886 (una información que no soy capaz de verificar ahora).

Lo leí a los quince años, antes de la revolución que arrasó con el Imperio, y algo más tarde en francés (el francés es mi segunda lengua materna). A primera vista, esta nota no tiene gran importancia.

Sin embargo, exactamente este hecho, teniendo en cuenta otros errores que inundan el trabajo de Guénon, titulado *El Rey del Mundo* (*Le Roi du Monde*, impreso en París en 1927), pone en tela de juicio sus afirmaciones, especialmente una alusión en referencia a que actuó como una persona autorizada para otra persona.

René Guénon nunca dio cuenta de contacto real alguno con el Rey del Mundo y el misterioso reino subterráneo, y de eso se desprende que no podía hablar en su nombre.

Esto es irrefutable.

Con el tiempo, mi escritorio se llenó hasta el borde con varias notas restantes pertenecientes a viajeros, escribas, vagabundos y aventureros; existen informes y literatura de viajes, crónicas y anales, especulaciones e hipótesis de trabajo de fantasiosos y de personas serias, que ahora estoy tratando de poner en orden. Me estoy dando cuenta de que este es un trabajo completamente inútil. Todos hablan de Agartha.

En 1966, describí brevemente la historia de uno de mis viajes.

Aquí hay un registro no tan largo, que estoy transcribiendo palabra por palabra. Esto tiene fecha: 25 de enero de 1966. Lo escribí en Moscú. El manuscrito está sustanciado en pequeños cambios. Faltan algunas partes. A esta breve descripción agregaré algunos detalles más, sin saber si merecen ser recordados u olvidados.

Mis primeros vagabundeos

Mi NOMBRE COMPLETO es Maximilian Rupert Dietrich Sikorski. Aunque mi personalidad no tiene trascendencia alguna en lo que voy a describir, ya que esta no es mi historia personal y en todo esto yo era solo un observador y no un participante activo, y alguien que tomó notas sobre lo que vio y escuchó, participando poco. Todavía me gustaría decir que soy de origen ruso y balt, y no soy alemán.

Toda la cantidad de tiempo que viví en Alemania o tal vez incluso más, la viví en América y Asia, y más tarde en la Rusia soviética. No soy de ninguna tendencia política, y la política y la religión siempre me han dejado indiferente (por lo menos las religiones de nuestra época).

No tengo ningún deseo de convencer al lector de nada, ni siquiera de la veracidad de la historia que describiré aquí, ya que la verdad es obvia. Quienes lean este breve relato hasta el final tal vez entenderán por qué. Nací en el reino ruso, donde mi padre era parte del servicio militar, y posteriormente mi familia, después de la revolución y la guerra civil, como muchos otros, compartieron el desafortunado destino de los emigrantes blancos.

Hasta entonces éramos ricos y pertenecíamos a la aristocracia. Después de un período de abundancia llegó otro período de escasez y humillación. Al igual que los inmigrantes que ingresaban en el puerto de Nueva York, también éramos personas sin hogar y refugiados, pero la Diosa de la Libertad no nos recibió, la que estaba parada en la isla, en la desembocadura del río Hudson, con los pies sobre las cadenas rotas.

Viví mi juventud en la República de Weimar; esos años estuvieron marcados por la desgracia y la pobreza. Tal vez una actitud irreflexiva y cierta inclinación hacia la aventura, me llevó a abandonar Alemania a principios de los años treinta para ir a África y luego a India.

Fueron mis primeros viajes. Describí el viaje a África en un pequeño cuaderno. Si hubiera puesto freno a mis aventuras después de mis primeros vagabundeos, seguro que habría vivido una vida normal en la ciudad. Sin embargo, eso no es lo que sucedió. Yo era un viajero, *Ahasver*, que estaba al acecho por la oportunidad de participar en sus andanzas.

Inmediatamente antes tuve la oportunidad de conocer de primera mano el nacionalsocialismo. No fue difícil suponer que pronto se llevaría la victoria sobre la frágil democracia de la Alemania de Weimar. No solo de Alemania, sino que el mundo entero fue superado por una extraña ansiedad. Se estaba preparando un cataclismo inesperado.

Sin embargo, en 1938 participé en una expedición alemana al Himalaya, que hoy es superada por la famosa organización *Ahnenerbe*. Fue justo después de regresar de los Estados Unidos y sostuve una serie de, me gustaría decir, conferencias muy notables en todo el Reich alemán. Digo notable, porque a excepción de la prensa, varias personas influyentes también mostraron interés en esta expedición desde la alta jerarquía del estado y del partido.

En la cima del mundo

Después de todo, hay una foto que me llamó la atención con Heinrich Himmler, que luego fue publicada por varios diarios y periódicos semanales, incluida la lista principal de partidos, *Völkischer Beobachter*. Luego recibí una condecoración de alto nivel de manos de Himmler; todo esto me causó muchos problemas más tarde y casi me costó la vida. Pero en mi siguiente expedición fui como miembro de las SS, con el rango de *Untersturmführer*.

Repito, no decidí participar en la expedición alemana por ningún otro motivo, ya sea por lealtad a Alemania o por la ideología del partido, hacia el cual siempre he sido indiferente, fue solo porque ya no podía pensar en otra cosa que no fuera el Himalaya desde que regresé.

He pasado, por así decirlo, una cierta suma de tiempo en estas montañas, que ahora están en la prensa y en la televisión bajo la popular consideración de «el techo del mundo» sin ningún sentido sobre el significado de la palabra. «El Himalaya es una tierra de demonios —afirma la escritora inglesa Alexandra David-Neel— y residen en árboles, rocas, valles, lagos y manantiales», y pueden adoptar muchas formas, por lo que que cada viajero podría encontrarse cara a cara con ellos.

La expedición estadounidense en la que participé solo podía describirse como un fracaso total. Ni siquiera se recuerda en la historia de las conquistas del Himalaya, junto a una pequeña nota al margen, una minúscula nota al pie. No dejó ningún rastro importante, y no se puede elogiar con ningún resultado digno de atención.

Una serie de acontecimientos desafortunados e inesperados llevaron a la expedición al punto en que comenzó a desmoronarse. Algunos de los participantes perecieron en avalanchas, o sucumbieron a la congelación, los demás simplemente desaparecieron en la blancura nevada. Los casos de locura —locura que sucedería de la noche a la mañana— fueron más frecuentes.

Unos meses más tarde estaba viviendo como un mendigo, viajando desde un monasterio a otro, los cuales estaban ocupados por monjes ataviados con túnicas naranjas, que me aceptaban benevolentemente aunque vivían en la pobreza. En ese momento vivía de su caridad y bajo su protección, por lo que les debo una enorme gratitud.

Regresé a la India un año después en compañía de algunos aventureros ingleses, a quienes logré vender una parte de mis rollos de película que grabé en el Tíbet. La estadía prolongada a grandes altitudes trae algún tipo de embriaguez: ahora me inclino a creer que no se trata de un letargo causado por el agotamiento, la falta de oxígeno o el hambre, sino un umbral de la conciencia superior, cuando nos damos cuenta de algo inexplicable, de la existencia sobrehumana — algunos dirían dioses o demonios.

Incapaces de abandonar por completo nuestra existencia terrenal, aún podemos esbozar una posibilidad de penetrar en el interior de mundos inhumanos, como si estuviéramos mirando una puerta entreabierta, sin poder ver claramente qué hay detrás de ella.

La expedición al valle de Yarlung

Por todo eso, más tarde no tuve que preocuparme por el dinero, las conferencias públicas o la elección de los colaboradores; detrás de mí siempre estaba la organización poderosa y secreta *Ahnenerbe*, y por encima de ella, incluso la más poderosa y misteriosa: las SS. Pero aún así el líder de esa nueva expedición no era yo, sino un cierto teniente Zur Linde — así es como se recordaría esta expedición.

Supongo que detrás de esto, aparte de una sospecha general hacia aquellos que no eran miembros del partido, se dio una evaluación muy pragmática de Himmler, o de alguien cercano a él: que yo estaba en mi esencia, un soñador y aventurero, y poco confiable; que todavía no había demostrado mi lealtad y que venía de un país cada vez más hostil.

Tampoco estaba ocultando mi origen, y difícilmente podría ser considerado como Ario; en mis venas corría demasiada sangre asiática. Desde un principio no mostré ninguna rivalidad con mis superiores.

¿Y por qué iba a hacerlo? Ya dibujé un mapa e hice un plan preciso para el viaje, que fue aprobado y firmado por el propio *Reichsführer*, e incluía también el valle de Yarlung, las posibilidades de que pudiera cambiarse eran minúsculas, o incluso menos. Los preparativos iban según el plan; se puso en marcha una poderosa maquinaria y mostró su eficacia diariamente.

Nuestra verdadera aventura comenzó en la primavera de 1938. Salvo comenzar un poco tarde debido a la falta de voluntad de las autoridades coloniales de la India para emitir los permisos necesarios, todo se estaba desarrollando según el plan.

Una historia de Agartha

En algún momento a principios de septiembre, llegamos al valle de Yarlung. No tengo notas disponibles, mis diarios se perdieron y estoy escribiendo todo esto de memoria: el lector debe disculpar los pequeños errores.

Sin embargo, el resto es bien conocido, y especialmente el regreso triunfal al Tercer Reich, el año siguiente, cuando el teniente Zur Linde recibió una condecoración de manos del propio *Führer*.

En la continuación de la expedición no participé, ni me pude otorgar el crédito por el triunfo. Mi nombre fue, como supongo, borrado de los informes oficiales. Toda la gloria fue de Zur Linde finalmente; un sajón ágil, refinado y algo malo, aficionado al coñac y al opio, que, como supe más tarde, terminó su vida en 1942 o 1943 bajo las bombas inglesas en Múnich.

En el valle de Yarlung tuvimos nuestro primer y último malentendido, después de eso no nos volvimos a encontrar. Recuerdo que ese día dimos la bienvenida a los emisarios de un pueblo tibetano cercano. Los ancianos admiraban la esvástica que ondeaba en nuestra bandera; intercambiamos regalos y detalles y luego comenzó una conversación mientras yo estaba presente como intérprete.

Nos hablaron sobre una leyenda del primer rey del Tíbet, que descendió por una cuerda desde el Reino Celestial y lo hizo no muy lejos de donde nos encontrábamos. Este es el mismo lugar donde los reyes del Tíbet subirían la cuerda hacia el cielo. Esa cuerda se rasgó después de ser utilizada durante muchos siglos y desde entonces sus reyes mueren como todos los demás mortales.

Una torre en ruinas

Bebiendo a sorbos, agregaron los ancianos, de repente y de buena voluntad por alguna razón, que había ruinas de alguna torre vieja en el mismo lugar ahora. Si queríamos, podrían encontrarnos guías en su pueblo.

El teniente Zur Linde descartó en silencio todo esto, a pesar de mis recordatorios repetitivos de su oferta. Agregué que el valle de Yarlung era la cuna de la civilización tibetana, y que las ruinas de la ciudad, —la ciudad, subrayé, en lugar de la torre— era probablemente el objeto más antiguo que se podía ver en el Tíbet.

Además, agregué algunos argumentos racistas; Me referí a uno de los ideólogos de la *Ahnenerbe* que hablaron sobre las raíces arias de la Civilización tibetana. El teniente, a su manera gruñona, respondió bruscamente que el objetivo de nuestra expedición era algo completamente diferente, y que nuestro esfuerzo por llegar allí sería una pérdida de tiempo.

Alcé mi copa para brindar, pronuncié unas palabras en honor a nuestros anfitriones, como era de esperar, y agregué algunas más que sorprendieron a nuestros patriarcas tribales. Se detuvieron por un momento y luego, mirándose, asintieron cuidadosamente con la cabeza.

Sin esperar a la mañana, poco después de la medianoche, salí de la tienda y me dirigí solo a su pueblo. El viaje fue agotador y duró más de lo que esperaba. Estaba amaneciendo cuando finalmente lo vi. Las casas eran pequeñas, construidas en piedra, rodeadas de viviendas aún más pequeñas; estaban organizadas en tres o cuatro filas, con caminos estrechos entre ellas.

Algo más bajo noté una serie de carpas negras, pero no sabía cuál era su uso. Recuerdo que soplaba un viento frío que traía una nieve fina y seca, y que no había signos de vida alrededor, además del olor a humo y algo de luz débil. Así concluyó mi contribución a la expedición de Zur Linde, la empresa más famosa del Tercer Reich realizada en el Himalaya.

Nueve años después, me iba de la Mongolia Interior con una de las tribus nómadas. Estábamos acercándonos al Transbaikal soviético a caballo, evitando la capital mongola al describir una curva amplia.

Parecía que mi apariencia inusual atrajo la atención de informadores Llevaba un vestido mongol, habitual para un pastor, y lucía una barba larga, morena y cubierta de mechones de pelo gris. Nos detuvimos por un tiempo en una de las estaciones en el camino para hacer un intercambio habitual de mercancías. Al día siguiente caí en manos de los investigadores de NKVD.

Un viaje a la luna

Es el año 1966 — un año de gran expectativa en algunos círculos. Vivo la vida imperceptible y tranquila de un pensionista, con un nuevo nombre, en un apartamento muy modesto en Moscú. Todas las mañanas recibo periódicos de un quiosco, y mientras le doy el cambio de unos pocos kopeks a una rubicunda dependienta, estoy mirando un título en la primera página con cierta inquietud.

Creo que ella notó mi nerviosismo. Éxitos económicos, reestructuración socialista y, al otro lado del telón de acero, beneficios fabulosos y celestiales del «mundo libre»... Tiempo —un tiempo que aún queda— que me colmó de libros.

Junto a la cabecera de mi cama yacían los libros de Julio Verne, Bryusov, Lovecraft, Poe... También estoy disfrutando de las antiguas ediciones de Merezhkovsky. Hay un romano con el título Solaris, de un autor polaco, sobre un ser misterioso —el océano en algún planeta lejano, un ser que tiene el poder de materializar nuestros miedos y sueños ocultos. Esto me recuerda al océano interior— que iluminado por un sol pálido del mundo subterráneo, brilla secretamente en el vientre de la Tierra.

La gente está sonriendo hoy en todas partes; en desiertos, en taigas, germinado ciudades, cosmódromos, centros de investigación e industriales... Los avances en tecnología y ciencias, en el nivel de vida, compañías multinacionales que miden sus éxitos en millones de dólares... Estoy bajando el periódico, mi rostro frunce el ceño con una sonrisa amarga .

A primera vista, todo parece fundado y predecible. Las cosas van de la manera habitual, creemos en la inevitabilidad del progreso, en la nueva hermandad humana. Aún así, habrá una rápido freno frente a nosotros, lo sé con seguridad, toda una serie de eventos muy inquietantes. Uno de ellos también está aterrizando en la Luna.

Una historia de Agartha

La humanidad lo recibirá como un acto triunfante, uno más en el victorias de la lógica y la técnica sobre las fuerzas de la naturaleza y la fuerza de atracción de la Tierra, como el cumplimiento de un antiguo sueño humano... Qué malentendido. ¿O tal vez no lo es? Durante mis noches de insomnio veo la cara pálida y muerta del único seguidor de la Tierra, el que siempre nos enfrenta. La llegada de personas a la Luna, estos pocos pasos realizados en su superficie sin vida, cubierta con el polvo cósmico, despertará y agitará a los muertos y a los vivos...

Pero esto es solo una ilusión y su significado se aclarará sólo más tarde. Frente a mí hay un montón de solitarios, completamente idénticos a lo que yo vivo. Las mismas entradas hechas de bloques concretos, ascensores pintados de amarillo, pequeños balcones cubiertos de flores... Los mismos escalones, en una luz eterna tenue, con una agradable barandilla de madera. Cientos y miles de vidas, las existencias fundadas en sus formas aparentemente estables. Todo apunta a una permanencia, un hecho, inmutable. Mientras sorbo una taza de té caliente e inhalo con un placer lento el humo de un cigarrillo en los pulmones (un ritual interrumpido esporádicamente con una tos extenuante), estoy observando durante mucho tiempo un cielo despejado y frío, sintiendo una satisfacción inconmensurable porque todavía lo estoy viendo.

Detrás de esto, hay mundos inalcanzables para nosotros, ocupados por miríadas de seres desconocidos e impensables, una realidad que nuestra mente no puede comprender. Una hipótesis sobre un origen cósmico y extraño del hombre —llamémosla hipótesis— en estos momentos me parece la única verdad lógica e incuestionable. En algún lugar del subsuelo de la Tierra, a miles de pies debajo de la superficie, entre rocas grises, se encuentran los restos de máquinas gigantes, que se asemejan a los restos de naves cósmicas de las razas desaparecidas, de las cuales ni siquiera la Generación primigenia sabe mucho. Mis ojos, estoy repitiendo dentro de mí, miraban un pálido sol de Agartha. Inhalé el aire que circula por los pasajes subterráneos y miré la superficie ondulada del océano Interior. Vi los magníficos palacios de Goro, que rodean lo inaccesible, en un sueño hundido en Brahmatma.

Veinte mil pies bajo la superficie

LA TORRE ES ALTA, inconmensurable, pero no por su tamaño físico; desde lejos parece un palo inclinado atrapado en el cielo. En cierto modo está construida como algo opuesto a la geometría de Euclides. Sería un error decir que se eleva sobre la Tierra — sería más correcto decir que crece desde la superficie y crece en las nubes, que se intercambian rápidamente por encima de ella, impulsadas por fuertes corrientes de aire.

Por un momento me parece que la torre se encuentra en el centro de un torbellino tormentoso, un viento huracanado. Me veo parado en su base, rodeado de personas completamente desconocidas para mí, que hablan su lenguaje difícil de entender, compuesto de consonantes guturales, sílabas que son difíciles de repetir, que sienten un vértigo probablemente causado por un aire muy diluido. Su altura es en realidad de veinte brazas; sus paredes se disipan al tacto, como consecuencia de la vejez. Un montón de basura yace en su base.

Esta es solo una de las ruinas que nadie puede determinar su edad. ¿De quién fueron las manos que las levantaron? ¿Quizás las manos de los gigantes que construyeron Asgard, la Ciudad de los Dioses? Uno de los guías me está mostrando algo debajo con su mano; sus palabras llevan un viento frío. Lo absurdo de mi situación me hace indefenso, vulnerable y débil. Hay una entrada, allí abajo, me dice al oído, que conduce exactamente al interior de la torre. Esta es una escalera de caracol que se origina en la profundidad, en el centro de la Tierra. Nadie sabe realmente a dónde conduce; su profundidad, ciertamente, no es inferior a veinte mil pies.

Veinte mil pies debajo de la superficie de la Tierra. Nadie que intentará entrar aquí los últimos cien años volvería a la superficie.

En la antigüedad, solo los chamanes bajaban la escalera; solamente ellos podrían regresar. La leyenda dice que el pasaje tiene sus guardias secretos y que nadie sin invitación puede entrar. Me puse a sotavento, en la base de una pared o el remanente de una roca, mordido por la edad.

Vi rostros duros a mi alrededor, ojos oblicuos, pómulos altos, sombríos, grises e inexpresivos; mi intento de fumar terminó en náuseas, vomité un moco amarillo, luego bebí un té amargo ofrecido por un anciano, un sacerdote o un chamán. Intenté por centésima vez pensar lógicamente; los suministros de comida que llevaba, si los racionaba deberían ser suficientes durante siete días... Era diferente con las raciones de agua. Pero, no debería ser un problema dentro de la Tierra. También tenía un «Walter», cuyo mango frío sentía en mi bolsillo, con una reserva de cien balas en una mochila y un rifle que llevaba sobre mi hombro. Me acerqué a una escalera, lo que vi me recordó a un pozo romano, como el que vi en Belgrado una vez. Escuché un alboroto de voces claras y excitadas a mi alrededor, y comencé a descender la empinada y oscura escalera, caminando cada vez más rápido, lo que me dejó sin aliento por momentos.

En el fondo de un abismo

El descenso se convirtió en una carrera loca muy pronto, en una caída, que yo no podía parar a voluntad. Estaba cayendo, o más bien flotando en un espacio sin gravedad, cada vez más bajo, teniendo cuidado de no golpearme con alguna roca, en lugar de pensar dónde poner los pies. Sentí algunos golpes en las manos y el pecho, en algún lugar alrededor de mi corazón. Finalmente me resbalé y perdí el suelo bajo mis pies — estaba desapareciendo en un abismo muy oscuro, en un vórtice que me estaba absorbiendo. No es posible decir cuánto tiempo duró. Lo último que recordé fue un pensamiento, o más bien un sentimiento — que salí de lo real y predecible, que las leyes de la física no se aplican aquí, por lo que la ley de la gravedad tampoco, y que algo horrible iba a suceder pronto. Pensé que encontraría mi tumba aquí.

Lo que me despertó fue una sensación muy placentera —estaba acostado en una cama suave y sedosa de hierba húmeda, o tal vez un helecho joven— sobre mi cabeza brillaba una luz amarilla difusa. Una lluvia tibia caía sobre mi cara y mis manos; Fina y persistente. Vi una nube baja sobre mí, a través de la cual brillaba un sol turbio. Recordé al capitán Edmund Haley, que habló sobre las esferas giratorias y sus soles subterráneos. Me levanté con dificultad e inmediatamente sentí un dolor agudo. Oscura, sangre casi negra, fluyó a lo largo de mi mano. Por todas partes a mi alrededor, en una agradable semioscuridad, se alzaban acantilados desnudos hechos de piedra gris y lisa; me di cuenta de que estaba en algún lugar del otro mundo, tal vez incluso en el infierno mismo, y luego me reí de ese pensamiento — estaba acostado en el fondo de una cueva gigante, un abismo horrible de infinita profundidad, escondido en el vientre de las montañas tibetanas. De hecho esta era mi tumba, iba a terminar aquí, esto era seguro, mientras miraba ese reflejo irreal del sol brillando a través de una fisura vertical en un acantilado. Si otros hubieran llegado antes que yo, como afirmaban los ancianos y lamas tibetanos, ciertamente habría encontrado sus huesos.

La lluvia era una cortina acuosa formada por una cascada subterránea; cayendo sobre piedras oscuras. Acaricié la hierba con la mano; suave, pálida, hierba no natural, igual que el cabello humano, y luego noté algo parecido a un camino escarpado, que bajaba. Esa visión provocó el horror en mí. Estaba buscando mi mochila y rifle en vano, y más tarde me di por vencido. Me encontré en una trampa sin escape; pero en el momento de darme cuenta de eso, de repente sentí una extraña indiferencia. Para aprovechar el tiempo que aún me quedaba, tomé el camino que se abría bajo mis pies.

Un paseo sobre el abismo

Avanzaba más fácil de lo previsto, caminando casi sin esfuerzo; como lo hacemos en sueños, cuando de repente me di cuenta de que caminaba sobre un abismo y que había un enorme valle a mi alrededor. La lluvia paró, pero la nube gris amarilla seguía flotando sobre mi cabeza. La irrealidad, o más bien la imposibilidad de todo lo que podía ver, me trajo un pensamiento extraño; estaba alucinando, y esto fue inducido por la bebida del chamán: un esfuerzo de mi voluntad sería suficiente para despertarme. Pronto vería esas mismas caras amarillas, o moriría, encarcelado por la eternidad en esta pesadilla. Recuerdo que me coloqué durante mucho tiempo con la cabeza entre las piernas, pero la pesadilla continuaba persistentemente y no podía despertarme.

Subí a una especie de plataforma, que estaba hecha de algún material con brillo plateado. Estaba tocando con mis manos una valla de frialdad inexpresable. La cerca fue construida con varillas de metal retorcidas. Debajo de mis pies yacía ese mismo abismo, aparentando ser mucho más grande de lo que parecía a primera vista. Sobre esta sombría área se levantaba una ligera niebla transparente; pero el paisaje se estaba disolviendo en una semioscuridad, dándole siempre nuevas y diferentes apariencias. Recuerdo que hubo un momento en el que vi un objeto de metal que mostraba una rueda dentada en su interior con un perímetro de al menos dos brazas, pero esto no me llamó la atención ni me sorprendió.

De pronto la plataforma se movió inesperadamente, y noté que estaba parado en un disco de metal bastante grande, que delineaba un arco llamativo, levantándose hacia el techo de la cueva. La luz, esa misma luz que brillaba tenuemente a través de las nubes, de repente me cegó, pero cuando abrí los ojos de nuevo, casi grité de asombro. En el fondo, debajo de mis pies, vi montañas y valles, un río y algunos lagos oscuros, y luego una ciudad entera, fortificada con cuatro muros, con un templo milagroso en su centro. Creí ver una estatua de un Dios frente a ella, lo que me recordó a Poseidón, tal vez debido a un tridente que sostenía en sus manos. La nave se detuvo ante una puerta abierta de la ciudad, y salí del disco, que todavía vibraba ligeramente. No tuve tiempo de recorrer todo esto.

Había un hombre delante mio

Un recuerdo de experiencias maravillosas y extrañas como esta no se desvanece con el tiempo. Se mantiene vivo en todos y cada uno de sus detalles, para volver a nosotros en la realidad y en los sueños. A veces me encuentro de nuevo, como en una pesadilla, frente a la misma puerta de la ciudad, y siento de nuevo ese mismo toque frío de metal.

Estoy sentado en la mesa de la cocina, frente a mí, el *Pravda* todavía sin abrir, y al lado una taza de té caliente. Siento que todo el edificio tiembla mientras un tranvía pasa por la calle. Estoy pensando en las cuevas por las que estaba pasando y en las antiguas minas. En los cuentos de hadas, están habitadas por enanos que se dedican a acumular sus tesoros. Estoy inhalando el humo de un cigarrillo, un ataque severo de tos se apodera de mí. El día es soleado, estamos a principios de agosto, en esos momentos siento una felicidad casi genuina...

Estoy pensando que todo lo que pensamos y vemos a nuestro alrededor podría ser solo una ilusión, un sueño, que pronto se convertirá en una pesadilla, en una realidad aterradora y desnuda; sobre nosotros como simplemente irreales, conchas de seres, y cómo en algún lugar, probablemente al alcance de nuestras manos, hay quienes determinan la realidad en su totalidad. Para ellos, nuestras vidas y nuestras pasiones no tienen ningún significado, solo somos peones en un juego cuyo significado y continuidad escapan a nuestra comprensión.

Estaba llegando a las puertas de la ciudad desconocida, en la que fueron dibujados símbolos y letras; las puertas no están hechas de piedra, sino de un metal que brilla con un destello apagado. Repasé su superficie gruesa, con muchas líneas grabadas y pensé que este muro era antiguo, de miles de años, mucho más viejo que cualquier cosa que hubiera visto en mi vida. Más antiguo que las pirámides o la Esfinge, más antiguo que las ciudades ciclópeas y los templos de Halicarnaso. Di un paso hacia la sombra, caminé bajo el arco de la entrada y en ese momento perdí la voz con asombro. Había un hombre parado frente a mí, de una altura inusual, alto, tal vez dos brazas enteras, líneas profundas y retraídas en su rostro, con cabello largo pero delgado y oscuro, un poco como un indio norteamericano. Instintivamente, sin pensarlo, introduje mi mano en el bolsillo de mi chaqueta de cuero y sentí el mango frío del «Walther».

Estaba parado frente a él, incapaz de moverme o saludarlo. le estaba mirándolo fijamente a la cara, que tenía un desagradable color amarillo grisáceo bajo la pálida iluminación. Lo vi moviendo sus labios, y luego sus palabras llegaron a mi mente, las palabras que dijo en voz baja, inclinándose hacia mí para poder escucharlas.

Di un paso atrás, uno o dos involuntariamente. Lo que dijo fue aproximadamente lo siguiente:

«Parece que pasó medio siglo o más sin que un ser humano pisase el reino subterráneo de Agartha».

El templo de la luna

El reino subterráneo de Agartha...

Me reí a carcajadas, como un loco. El extraño no se movió, su rostro era inexpresivo.

Estaba viendo con mis ojos lo que pensaba que era un mito, una superstición sobre la que escuché hablar a los monjes tibetanos, un cuento de hadas de los libros, un producto de la imaginación de los escritores, un fantasma creado por fantasías e ilusionistas.

Me acordé del Barón Ungern von Sternberg, el loco «Barón sangriento», que envió tres veces a un joven príncipe a buscarlo. Recordé a Saint-Yves d'Alveydre, que habla sobre el reino subterráneo, y recordé los versos del indio *Ramayana*, donde se describió cómo aparece el gran avatar Rama en una nave mágica como enviado de Agartha. Recordé a muchos otros que hablaron de Agartha con tanto fervor, pintándolo con colores increíbles, entre ellos uno de los jóvenes ideólogos en *Ahnenerbe*. Solo que esto que estaba mirando no se parecía a mis fantasías.

Me tomó algo de tiempo recuperar la capacidad de expresión. No sentí miedo, tanto como incredulidad, una verdadera maravilla. A través de mi mente pasaba un torbellino de pensamientos, de los cuales muchos no eran míos en realidad. Todo sucedía en un momento; parecía que podía ver claramente delante de mí cosas que no había anticipado y que podía escuchar palabras olvidadas y perdidas.

Finalmente le dije —debo haber dicho eso con voz insegura, tal vez tartamudeando— que me encontré aquí accidentalmente, por un mal resultado de las circunstancias, que dejaría Agartha de inmediato si me mostraba la salida, y que guardaría el secreto para siempre. Esto no tenía sentido. En Agartha nunca sucede nada por accidente, incluidos los terremotos. El extraño me hizo una señal con su mano para caminar con él, desde los pulmones del gigante podía escuchar algo así como una risa ahogada, y él, me pareció que con cierta tensión, dijo lentamente como si hablara con un niño: «Nadie llega a Agartha sin una invitación... Sin la invitación del Rey del Mundo, y nadie abandona el reino sin su permiso».

Pensé que era su prisionero y que el arma que aún poseía podría usarse como último recurso. El gigante podía leer mis pensamientos ocultos como si leyese un libro abierto. No merecían ninguna respuesta, obviamente. Mientras caminábamos por la calle, noté enormes edificios hechos de mármol, luego un edificio monumental que se parecía a la Acrópolis con cariátides, y más tarde algo que parecía un templo, y al instante supe que era El Templo de la Luna, y estaba situado en el centro de la ciudad. Vi algunas sombras de personas igualmente altas, que desaparecieron rápidamente como espías detrás de una esquina, y sentí una soledad inconmensurable, casi la desolación que reinaba en esta ciudad escondida tan profundamente en el vientre de una montaña.

Pensé en la soledad de los dioses, la soledad que sienten incluso en compañía de su propia categoría. Parecía que me encontrase a una profundidad infinita, que ningún humano había pisado jamás. Pero todo lo que vi a mi alrededor me dio la impresión de abandono, una triste deserción, como si finalmente se dejara en un declive inevitable, después de miles y miles de años... Casi me caigo sobre las ruinas de un muro, un montón de piedras y escombros que quedaban en el camino. El extraño abrió una puerta de acero, o algo de metal casi negro, y comenzamos a subir una escalera de caracol de una torre alta, con luces débiles parpadeando en los rellanos, como la llama pálida de una vela, que apenas nos permitía no tropezar en nuestro camino...

La ciudad subterránea

Llegamos a lo alto de una muralla dentada, me incliné sobre el parapeto y lo primero que vi fue un paisaje al otro lado de un terraplén bajo; campos de hierba pálida como tejidos de seda, entonces vi bosques de helechos y coníferas, o algunas otras plantas similares. En algunos lugares vi hordas de animales similares a tapires y lamas, pero todos estos se estaban disolviendo en esa misma luz amarilla, en una semioscuridad gris; el agua de un canal, un río y lagos eran negros y relucientes en las superficies. Y luego me volví hacia el panorama de la ciudad envuelta en una niebla transparente, con cúpulas y cientos de torretas con pesados y poderosos cuellos. Vi las mismas sombras en las calles, no más de diez en total; personas aproximadamente de la misma altura que mi anfitrión, vestidas con largas túnicas o vestidos, hechos de cuero, y desde esa distancia no se podía determinar su sexo.

Pero aun así, parece que hubo un momento en el que detecté a una mujer de belleza sobrenatural, parecida a una Diosa, y yo involuntariamente murmuré: «Atenea». Las calles estaban dispuestas geométricamente, bajo ángulos rectos, llenas de sombras largas y oscuras, como las arrojadas por la luz de las tardes. Recuerdo que sentí una brisa fresca en la cima de la torre, aunque no refrescó el ambiente. Era el aire rancio, frío y húmedo de las hendiduras, cuevas y grietas oscuras en la piedra. Pensé en cómo una masa infinita de rocas yacía sobre nuestras cabezas, y por eso, de repente, me sentí nervioso. Me imaginé enterrado vivo y que nunca volvería a ver el Sol, ni una noche estrellada en la superficie.

Me sentía débil y posiblemente me habría caído al suelo de piedra si mi anfitrión no me hubiera ofrecido una copa, de la que tomé unos sorbos. El líquido tenía densidad y sabor a sangre, y al mismo tiempo se parecía a un vino amargo y pesado. Pensé en el *Soma* de los Vedas y el *Haoma* del Avesta, y en ese momento sentí que la bebida benéfica pasaba directamente por mi corazón. Entonces, de repente, creí que me estaba muriendo.

Una sombra del amanecer

ME DESPERTÉ AL DÍA SIGUIENTE al amanecer, al amanecer de la tierra misteriosa llamada Agartha. Estoy diciendo «amanecer», pero fue solo una aparición, una sombra, una idea de amanecer; se asemejaba a las sombras que se veían en la caverna de Platón, y no al amanecer que existe en la superficie de la Tierra. El pálido sol, que ayer brillaba a través de las nubes y la niebla, ahora tiene un brillo algo más fuerte; a continuación cae una ligera lluvia, y el área se disuelve en esa misma neblina. El extraño me dijo que se llamaba Mani; y él era como el resto de los ciudadanos de Agartha de cientos o miles de años, y su existencia no podía compararse con una existencia humana ordinaria. Desde el punto de vista humano, era un inmortal; desde el punto de vista de los Antiguos, su vida no era más que un instante. «¿Quiénes son los antiguos? —Pregunté, escuchando mi propia voz— «y ¿Quiénes son los inmortales? ¿Quiénes son los antiguos?», repitió. Su voz sonaba inexpresiva, mecánica, como la de un robot. Y tenía una profundidad y una influencia que ninguna voz humana posee: «Dioses, demonios, seres extraterrestres, fuerzas o entidades cósmicas, seres no identificados y no caracterizados, no importa, como quieran llamarlos. Son todos nuestros intentos inútiles de representar algo que no puede ser descrito por un lenguaje humano. Los vemos solo en su apariencia humana. En una forma que solo desde lejos e indefinidamente se asemeja a una forma humana, y es muy probable que solo sea una de muchas. Los seres omnipresentes y que todo lo ven, por los que pasamos todos los días, sin darnos cuenta de su presencia. Según algunos, yacen en el fondo del océano, según otros descansan en las cimas inaccesibles de las montañas más altas, o en las profundidades del vientre de la Tierra, mucho más profundo que Agartha. Lo que vemos son solo sus proyecciones poco claras o sombras. Nunca los he visto en sus formas originales. Para poder hacer eso, debemos volvernos como ellos. El Rey del Mundo podría decirte algo más al respecto, si te encuentra digno de una respuesta».

Vinieron de lo desconocido

AQUÍ ESTÁ LA HISTORIA contada por Mani. Este es su significado, tal como lo entendí, y no sus palabras. Esta es realmente la conversación que tuvimos durante muchos días y noches, mientras estábamos sentados entre las sombras, en la cima de esa misma torre, bajo el pálido sol del reino subterráneo:

«Hubo una Edad de Oro en el principio, y hubo un Pensamiento claro en el principio, que se manifestó en la Palabra. Tuvimos a los Antiguos, que vinieron de lo Desconocido, poderoso y soberano, desinteresados por la vida de los animales bajo ellos. No sabemos si su llegada, descenso en la Tierra, repentina e inesperada, fue el resultado de una catástrofe cósmica, o algún plan anticipado. No sabemos qué buscaron en la Tierra, o si lo encontraron. ¿Por qué se quedaron aquí? No sabemos dónde, si fue en el fondo de un océano, o en el cálido centro de la Tierra. Solo el Rey del Mundo lo sabe, tal vez no todo, pero algo al respecto. Solo él puede hablar con los Antiguos. Son los más antiguos entre los dioses del mundo.

La forma en que sucedió, este fue también el comienzo de la raza humana, fue insegura como cualquier otra, porque también tiene una prehistoria muy larga y compleja. No se habla de esto, porque está prohibido hablar de ello, y es objeto de cultos y religiones, aquellos primordiales, y antes de ellos, de los misterios envueltos con el velo de un auténtico secreto, desconocido para un mortal que no debe saber nada al respecto.

No es posible entender su lógica con una mente humana ordinaria. Hasta ese momento las leyes de la evolución estaban en el poder. Con su hora de llegada toma una nueva dirección, la opuesta. La rueda comienza a retroceder, inevitable e imparable — la involución está en el poder, y no la evolución; la evolución de los humanos-bestias se detiene, de una vez y para siempre, y frente a

Una historia de Agartha

ella aparece una nueva raza, la raza de los humanos-dioses.

La carrera de los huesos blandos

Crearon los primeros humanos, para ser concretos. La aparición de los Dioses del pueblo en el Norte en sus formas físicas y materiales, con sus las características perfectas, están vinculadas con algún tipo de error, una caída, y esa materialización fue incompleta al principio; estas primeras personas serán recordadas en la narración de los relatos como una «raza de huesos blandos», debido a algún tipo de debilidad física. Algunas trans-formas, que les preceden, son seres bastante parecidos o cercanos a los humanos, incluidas algunas formas animales, tal vez fueron solo el resultado de intentos fallidos de materializar a un humano físicamente, en un cuerpo físico.

Al comienzo de su existencia, los hombres-dios habitaban en el lejano Norte del planeta, el Polo Norte y las áreas circundantes. Esta era una tierra de eterna primavera, un clima moderado, con enormes hordas de ganado, ciervos y mamuts cruzando las estepas. Los obstáculos insalvables, como los macizos montañosos y los glaciares, dividieron los dos mundos al principio — Arctogaia desde la Tierra de la Noche, que recibe el nombre de Gondwana. Estos hombres-dios aún no conocen la muerte y usan un pensamiento puro — un pensamiento en su estado elemental y efectivo, más poderoso que cualquier magia o técnica.

El momento en que recurran a la técnica dará lugar a una degeneración, a su caída. Sus actividades son rituales, cada uno de sus actos es más bien un ritual divino que una vida humana ordinaria con sus quehaceres diarios. Estos humanos originales —a los cuales llamaremos «humanos», aunque obviamente eran más parecidos a los Dioses— hablaban un lenguaje mágico, que la narración recuerda como una «lengua de pájaros», a partir de la cual se desarrollarán todos los lenguajes humanos posteriores. Un testimonio de un estado más cercano a un dios o estado angelical, que a aquel humano en el significado actual del término.

A partir de este lenguaje angelical, el lenguaje de los pájaros, o un lenguaje de los Dioses, desde sus misteriosos ritmos y significados se desarrollarán todas las ciencias y conocimientos originales, y su último eco es un lenguaje rítmico de los libros sagrados y la poesía cuando se acerca a su modelo sagrado, y se aleja de lo profano. La poesía, en este significado elevado, es el último rastro de ese lenguaje perdido y olvidado de las aves. Todas las lenguas derivadas designan un nuevo punto de degradación, una caída humana, tanto como las ocurrencias de las etnias y las razas marcan una división en este hombre universal original.

Un hombre con las manos levantadas

Este pre-estadio, una proto-fase de la historia, no marca una verdadera aparición de los humanos-dioses en la historia; todavía viven aislados y aparecen solo esporádicamente, o indirectamente, sin dejar huellas claras y obvias. No construyen civilizaciones, sino que viven en su simplicidad iluminada como la de Dios, algo que podríamos llamar protocultura: todas las culturas posteriores son consecuencia de la degeneración, un deterioro de esta herencia primordial.

Un petrógrafo ocasional, un símbolo o una runa grabada en piedra son el único rastro de su existencia. Los dos son los más importantes: un hombre con las manos levantadas, un símbolo del amanecer y la ascensión que les recuerda sus orígenes divinos, y un ciervo, un verdadero símbolo del Norte, un animal que levanta sus cuernos con orgullo.

La raza divina habita en el extremo Norte y tiene su contrapeso en los humanos-animales del Sur, Gondwana, los descendientes de Lemuria. Erigen ciudades, habitadas por masas de personas, y son seguidores de los Cultos de la Madre Tierra, la Luna y la Noche. Si hubo contactos, fueron raros y excluyeron el mestizaje. Los libros sagrados recuerdan la antigua prohibición del entrecruzamiento de las razas. ¿Por qué sucedieron finalmente? El mestizaje de la gente del Norte con la gente del Sur se convertirá en un trampolín del próximo ciclo involutivo, la Edad de Plata, como consecuencia de la próxima caída, o según otras opiniones, comenzará exactamente con la mezcla de las razas el primer ciclo de la involución.

Esto vendrá precedido por cataclismos que destruirán a Arctogaia para siempre y cambiarán el ángulo del eje de la Tierra, cubriendo su tierra natal con nieve y hielo, y poniendo en marcha las primeras migraciones de la gente del Norte hacia Gondwana en el Sur.

Al principio de los tiempos existía el primer bourne — el segundo bourne, un pueblo de raza plateada— que seguían siendo los dioses humanos, pero con poderes disminuidos, los seguidores de la Luna, ciudadanos de la Atlántida, una isla celestial en el Noroeste del Atlántico. Su nombre fue, uno de sus nombres, Mo-Uru. Los segundos nacidos fueron producto de la ingeniería genética de los dioses humanos con los semi animales de Gondwana; o tal vez de la mezcla de los humanos-dioses con las antiguas razas de Lemuria. Los adamitas fueron producto de una tecnología similar; mencionado en el libro bíblico del *Génesis*. «Elohim» es plural: crearon el jardín del Edén y los primeros humanos, humanos en el significado actual del término. No es posible decir qué pasó con los dioses del pueblo durante su contacto con las razas del Sur y sus civilizaciones en ruinas. De este contacto nació una Civilización Occidental, llamada Atlan, o Adland, y también recordada como Atlántida, ya no iluminada por la luz del Norte y del Sol, pero con la luz de la Luna, como un reflejo nocturno y lejano, donde la alegría original fue reemplazada por la melancolía y la fatiga. La Luna es solo una Tierra transformada; refleja una luz del sol.

Al comienzo de la historia

La Edad de Oro no era consciente del sacerdocio, ya que la vida cotidiana era santa, y los dioses humanos por igual; la era lunar trajo consigo un sacerdocio femenino, que mantuvo los fuegos sagrados, y con él apareció la Muerte por primera vez. La vida empeoró y se hizo retrógrada; aparecieron las enfermedades y el envejecimiento, que son solo otros nombres para la muerte. Esta es una época de declive y caída — al principio insensible, y luego más obvia y rápida. El lenguaje cambia y se vuelve más discursivo, lo que facilita la aparición de las ciencias, primero las mágicas y luego las técnicas que nacieron de la magia.

Esto es, entre otras cosas, una consecuencia del contacto con los lenguajes animistas de Gondwana y sus ciencias reprobadas. Ellos establecieron una primera civilización altamente desarrollada en la Tierra, y su patrimonio aún lo conserva el reino de Agartha. Con la Edad de Plata comenzó la protohistoria de la humanidad. Desde la isla en el Oeste tuvo lugar la primera migración de humanos-dioses hacia el Este y el Sur, a través de mares cálidos y diferentes tierras, dejando huellas claras y sin ambigüedades. Esta isla-continente en el Oeste también se llama Moria. Lo que sigue son las migraciones de las islas restantes de las tierras heladas de Arctogaia, formando una red muy compleja de intersecciones y migraciones. Este es el comienzo de las primeras razas de la historia. Vienen nuevas razas de Occidente, personificadas en un tipo humano divino casi perfecto, cuyos restos serán descubiertos en las cuevas de Cro-Magnon — una raza de marinos y ganaderos, conquistadores y labradores, que comenzarán a cambiar los residuos de las degeneradas razas moribundas de Gondwana donde sea que aparezcan. En el camino de sus migraciones surgen las civilizaciones de las primeras ciudades: se desarrollan fortalezas y templos monumentales, puertos y centros sagrados; son los centros de los primeros cultos y de la alfabetización.

El centro es una isla enorme — esta es la Atlántida mencionada por Platón. Hay una ciudad en la isla, fortificada por muros y rodeada de baluartes, a través de cuyos canales navegan trirremes. Su capital es Thule (solo una copia de la Thule hiperbórea original). Los Atlantes son colonizadores, a veces benevolentes, a veces crueles y hostiles, al servicio de sus dioses y diosas igualmente crueles; el dios central es el poderoso Atlas, que sirve a Poseidón, el dios del ancho mar azul. El querido Norte es reemplazado por un culto al toro, con sus juegos sagrados, y la aparición de la muerte trae el establecimiento de los primeros cultos a los muertos. Desde ambos lados del océano y en todo el Mediterráneo, se comienzan a cultivar técnicas complejas de momificación, que permitirán la supervivencia del alma, al menos temporalmente. Esto está relacionado con la llegada de la brujería y la importancia ritual de la sangre y el color rojo, un principio ardiente en el cuerpo humano. La gente de la raza de Plata degenerará en la raza Bronce, recordada como titanes en las leyendas. Son gigantes, las Ispolinas bíblicas, los Gigantes... —fueron seducidos por las mujeres terrenales como un medio para conquistar el cielo, violando así lo divino— es decir, ofenden a las personas de las razas dorada y plateada. Esta es una raza de maestros crueles y desenfrenados, gigantes insaciables en su codicia y lujuria, gigantes engreídos y de mal genio, conocidos en la tradición judía bajo el nombre de «Nefilim». Aquellos que atacarán al Olimpo y al Padre de los Dioses.

Guerras que los titanes libraron entre ellos

Después de unos pocos miles de años, los Titanes se encontraron al borde de la extinción, liderando guerras continuas contra la gente del razas de Oro o Plata, de quienes descendían, o entre ellos. Las repercusiones de estas guerras fueron, entre otras cosas, inundaciones e incendios, que destruyeron casi por completo la Tierra. Los Héroes pusieron fin a esto, también miembros de la raza Bronce, «mejor que sus padres». Pero era demasiado tarde para cualquiera de ellos: la raza Titán se había extinguido casi por completo. Fueron reemplazados por la gente de Forth y la última raza, la raza de Hierro, la humanidad actual, sin valor y avariciosa, débil y asustada. Todas las razas anteriores, o sus restos, se retiraron a lo profundo, debajo de la superficie de la Tierra, en Agartha. Sus descendientes se podían encontrar en el superficie hasta hace poco en algunos lugares poco accesibles. Las guerras de Titán dejaron un páramo y causaron la extinción de muchas naciones y razas. Para sobrevivir, los ciudadanos de Agartha hicieron algún tipo de pacto, un acuerdo tácito; para que todos los conflictos futuros se lleven a la superficie utilizando a las personas de la raza de Hierro como herramientas, mientras que en el interior debe reinar un paz armónica, al menos aparentemente, bajo el gobierno del Rey del Mundo.

El equilibrio era frágil, mantenido por una habilidad prudente, o más bien por el poder sobrehumano del Rey del mundo, uno de los pocos supervivientes de la Generación primigenia, pero incluso él tuvo que tener en cuenta las complejas relaciones de las facciones antagónicas y, sobre todo, los deseos de los Antiguos y ellos estuvieron, por alguna razón, en contra la extinción de la humanidad. El fin del mundo fue pospuesto — creemos que temporalmente. El intento de la gente de la Primera borne bajo el Liderazgo del Rey del Mundo para restaurar la Edad de Oro, la última Thule, reuniendo a todas las demás razas bajo su bandera y su culto solar terminó en una derrota; las cosas seguían la misma dirección que en la Tierra, miles de años antes. El sacerdocio del culto de Poseidón, y luego las sacerdotisas del culto de la Luna, se disputaban cada vez más abiertamente el gobierno espiritual del Rey del Mundo.

Luego los titanes se zambulleron a la luz del día, o lo que quedaba de esta raza antigua, y después los Héroes, lo cual significaba que los conflictos todavía se llevaban a cabo fuera de Agartha por medio de la gente de la raza de Hierro. La historia se repitió, con consecuencias igualmente devastadoras, solo que esta vez sus protagonistas, la gente de la raza de Hierro, desconocían su papel en el conflicto.

Los eternos principios sagrados de la súper historia se tradujeron en un lenguaje deficiente de la humanidad degradada de los últimos tiempos — ese es el lenguaje de las religiones y las ideologías políticas de la era moderna. Era solo cuestión de tiempo que esas guerras, titánicas en sus caracteres y amplitud, se transfirieran al reino subterráneo.

Esto comenzó casi insensiblemente, con calamidades aparentemente accidentales, muertes o asesinatos; continuó con terremotos, todavía más poderosos, lo que implicaba el uso del arma tectónica más destructiva, luego se dieron conflictos abiertamente liderados pero limitados que diezmaron la población ya escasa de Agartha. El poder del Rey del mundo continuó debilitándose, se veía cada vez más como el Rey Pescador herido de las leyendas de la búsqueda del Santo Grial, una búsqueda de la unidad sagrada perdida, y su reino subterráneo se parecía a un páramo. Tal vez esto duró tres o cuatro mil años. Al final la unidad era solo ostensible, exterior, pero era solo una pálida sombra de lo que se estaba preparando, o ya se había iniciado en la superficie del planeta. El reino subterráneo de Agartha, que solo era capaz de unificar a la humanidad para traer paz o al menos prevenir o posponer la extinción, contaba sus últimos días, o eso fue lo que les pareció a aquellos que se negaron a creer

Guerras que los titanes libraron entre ellos

en lo espiritual, en lo intangible. y en la incomprensible autoridad del Rey del Mundo.

Una historia de Agartha

El pálido sol de Agartha

Bajamos por la torre de bronce y caminamos por las calles casi vacías de la ciudad fantasmal; una sombra ocasional saltaría a lo largo de las paredes oscuras y disminuiría en la penumbra. Estaba mirando las ventanas y terrazas, algunas de las cuales estaban distorsionadas debido a su antigüedad, y podrían derrumbarse en cualquier momento. Todo fue construido en proporciones grandiosas, exageradas, antinaturales, no adaptadas para humanos. Al caminar por esta ciudad, un hombre de nuestro tiempo, alguien de la superficie, se sentiría como un extraño; sentía admiración y terror oculto.

Estábamos pisando una pila de piedras, que se estaban derrumbando después de miles y miles de años de historia del reino subterráneo. Las escaleras subirían repentinamente e igualmente repentinamente terminarían sin gradaciones; seguirían arcos y acueductos, puentes y caminos, sin ningún orden visible, y luego descenderían a un abismo al otro lado de las murallas de la ciudad. Lo absurdo de estos edificios me estaba confundiendo, o más que eso — provocaría una incomodidad, congelaría la sangre en mis venas y evocaría reverencia.

Nos detuvimos nuevamente en el templo de la Luna, donde vi sacerdotisas vestidas de blanco — sacerdotisas de una belleza sobrenatural, parecidas a las ninfas de Westfall, pero con miradas vacías, entumecidas y sin vida. Había un edificio que parecía un observatorio no muy lejos de él, lo que no tenía ningún sentido, pensé, en un reino subterráneo; rodeado de obeliscos y magníficos dólmenes.

Pasamos por otras puertas de la ciudad, en todo similares a la anterior, y después de un tiempo comenzamos a subir hacia una colina o un pequeño tope. El sol, el pálido sol de Agartha, brillaba siempre con el mismo destello cansado pero no resuelto.

Una historia de Agartha

Subimos al mismo disco que me trajo a esta ciudad embrujada; un suave tirón me trajo de vuelta a la realidad. Volamos alto sobre los paisajes oscuros, descansando en un crepúsculo constante, sobre los bosques lóbregos, que me recordaban a los bosques del Terciario, períodos geológicos pasados. Un fuerte viento forzó las lágrimas en mis ojos. Entonces noté que estábamos perdiendo altitud; sabía que nuestro viaje estaba llegando a su fin. En un claro vi a un grupo de lagartos muy grandes, lo que atribuí a las alucinaciones de mi mente sobreestimulada. Percibí los muros de otra ciudad en la distancia, ya que estábamos volando bastante bajo, para poder ver las hojas de un helecho gigante y la superficie brillante de un arroyo o un río de montaña — y en ese momento grité de asombro, porque vi unos pocos seres con aspecto de mono, humanoides, australopithecus o un hombre de Java. Nos miraban sin sobresaltarse, y casi con indiferencia, ya que estaban acostumbrados a situaciones similares, sosteniendo en sus manos sus armas primitivas, palos o lanzas. Debido a este punto de vista, similar a los dibujos de los libros de texto de la evolución, de repente sentí un alivio — quería gritarle al oído a Mani, mostrárselos, porque su aspecto, como me parecía, contradecía todo lo que escuché de él, toda esa historia de pesadilla, de hace miles o millones de años. Personas-Dioses, los nobles mensajeros de Arctogaia no podrían haber existido. Estos trogloditas desacreditaban matemática e inexorablemente a los Antiguos e Inmortales, y a las personas de las edades de Oro y Plata, y la existencia de Nefilims y Titanes... Estábamos descendiendo muy lentamente, un ligero flujo de aire finalmente permitió la conversación.

Mani se volvió hacia mí y dijo en pocas palabras: «¿Viste a esos desgraciados?»

«Estos son los últimos restos de las antiguas razas del Sur, la antigua Lemuria, de la que sabemos muy poco o casi nada. No son producto de la evolución, como creen los científicos de la última época, sino la última etapa de la involución. Residieron en Agartha mucho antes que nosotros. E incluso antes de ello residían en la superficie de la Tierra. Reunirse con ellos despierta terror en nosotros, ya que señala la inevitabilidad de la descomposición. Es una degeneración en su etapa final. Hemos estado hablando sobre qué hacer con ellos durante mucho tiempo. Luego nos dimos cuenta de que se están muriendo, que están desapareciendo lentamente, extinguiéndose. Son casi inofensivos. Parece que no quedan más que unos pocos miles de ellos, o tal vez solo unos pocos cientos. Y desaparecerán por completo en unos pocos miles de años. Ahora se encuentran en la etapa de trogloditas, sin sentido y contundentes como los animales al morir. Cualquier intento de establecer un contacto con ellos o intercambiar al menos un pensamiento resultó infructuoso. Si su existencia no termina en algún cataclismo, este también será el destino de la última raza de hierro, la raza de la cuarta era».

Una historia de Agartha

La última Thule

Las puertas de la ciudad por la que estábamos pasando no eran como las de antes; primero volamos sobre las murallas concéntricas que la rodean. Vi los botes y trirremes, hechos de madera negra que flotaba a través de sus canales muertos. Me pareció que el agua en ellos estaba igualmente negra y muerta. Las velas colgaban como paños podridos y húmedos.

Me detuve ante la puerta abierta, fui con mi mano sobre el metal áspero con el resplandor rojo del que estaba hecha la puerta, y recordando una vez más a Platón y su descripción de la Atlántida en Creta, me dije:

«Orichalcum».

«Orichalcum», repitió el gigante detrás de mí, como recordando con esfuerzo, «un metal con brillo rojo, hecho por el hombre rojo, el hombre Atlantis — un Cro-Magnon, como lo llaman los eruditos de esta edad».

«La era de la gente de mar, los granjeros y los conquistadores, en la que, por desgracia, comenzó una fuerte caída del hombre, que no ha cesado hasta nuestros días. Sin embargo, todavía era nuestro momento feliz... En algún momento —no mucho después del fracaso de la gente de la raza dorada para reconstruir la Thule original en el reino subterráneo— los hombres rojos, personas de la segunda Edad de Plata, levantaron Thule de Atlantis, una Thule de segundo nivel del continente, que fue descrita por Platón con extrema fidelidad, de acuerdo con la tradición que tomó de Egipto. Esta Thule subterránea, una sombra de sombras, que el Rey del Mundo ha designado como su capital — este mismo acto, ya que fue uno de los Primeros Hombres, significó la aceptación del fracaso, un reconocimiento tácito de la derrota. Esta fue una derrota de los Hombres-dios. La réplica es, como puede ver ahora, literal y fiel. A partir de ese momento, cada una de las razas humanas considera que disfruta del mismo derecho al trono del Rey del Mundo, y el descontento en esta lucha comienza. Esta historia atormentada terminará con el acuerdo de que en el futuro, el Rey del Mundo solo podría ser el Primer Hombre».

«Pero la imagen que estás viendo hoy ya no puede mostrar el anterior tamaño de la Thule subterránea — con edificios y muros luminosos, con murallas y torres, con templos y puertas poderosas, diques y canales... Una vez, en los viejos tiempos, la llamamos la Tierra de los cuatro señores. Se dividió en cuatro reinos poderosos, basados en la Thule hiperbórea original».

Percibí que esta Thule se apoya en el mar, y me dice que este es el Mar Interior de Agartha; un remanente de los antiguos y míticos mares de la Tierra, con su flora y fauna, alterada durante decenas o cientos de miles de años, o lo que quedaba de ella, y que estamos caminando sobre sus bancos de piedra en este momento...

Grandes y húmedas piedras que crujían bajo nuestros pies estaban esparcidas a lo largo de la costa, algunas de estas piedras eran sin duda gemas y piedras semipreciosas. No muy lejos de aquí se alzaban acantilados afilados y negros. Un poco más lejos advertí la existencia de troncos secos que fueron descartados o el resultado de algún cataclismo. Cuando me acerqué, vi que era un árbol que comenzó a convertirse en una piedra, un árbol medio fosilizado, que conservaba completamente su estructura.

Pasamos por el bosque de hongos gigantes, cuya altura excedía tres o cuatro veces el promedio de la altura humana.

En la costa del proto-océano

Los arroyos, ríos y lagos en Agartha eran casi negros; sin embargo, el mar tenía una especie de alegre color azul, pero solo en sus partes poco profundas. En las profundidades, era oscuro y amenazante. A lo largo de la costa misma, el agua era clara y transparente.

Mani dijo que desde entonces, desde la antigüedad de Agartha, casi nadie navega. Al final resultó que la navegación estaba cargada con demasiados peligros; por lo tanto, los trirremes finalmente se dejaron pudrir en los canales poco profundos de la Thule subterránea. Hidras, monstruos absurdos, ictiosaurios, plesiosaurios y gusanos marinos gigantes, como los que viven en las aguas del río Kali, que se alimentan de forraje humano, tifones míticos, sirenas y fantasmas encontrados por marineros en los largos viajes — todo, como él dijo, estaba allí y eran una amenaza para la gente de mar. Los peligros que siguieron a los marineros han crecido proporcionalmente con una disminución de los poderes humanos. Esta fue la evidencia más obvia de la degradación de la especie humana, de todas sus razas, hasta el punto que incluso la Generación primigenia había renunciado a navegar por el proto-Océano.

El mar interior del reino subterráneo recordaba el oscuro subconsciente de la especie humana, con todos los peligros que se extendían desde allí, y, sin duda, era necesario agregar a todos estos, los poderes mágicos, poseídos por las disputas, principalmente la raza de plata, la raza de la Luna y sus primeras sacerdotisas malévolas. Ellos fueron los únicos que conservaron algún tipo de poder al final.

Escuché lo que me estaba diciendo Mani, acostado en un banco arenoso, negándome a creer todo esto, mirando la superficie del mar en calma, en la que casi no había brisa, ni movimiento, ni olas. La superficie del océano se parecía a un espejo ligeramente arrugado, una piel con miles de pequeñas arrugas, y me pareció que desde sus profundidades había una luz suave. Sigue brillando. Me recordó al pálido sol de Agartha, solo que más tenue, casi invisible, semejante al reflejo del metal arrojado en profundidad. Podía escuchar su ruido, casi tranquilizador, amplificado por la alta presión del aire y quizás por una bóveda de piedra que había evadido mi vista. El agua del océano era salada, amarga y tibia; estaba mirando ese mar abierto y oscuro con una sensación de desmayo, casi de miedo, pero solo vi la sombra de un pterodáctilo, o tal vez de un pájaro gigante, balanceando sus alas sobre el mar, y algunos peces que a mi me parecían tiburones, que pasaban a través del agua casi clara del bajío.

Un dios con cabeza de pez

Regresábamos al puente que atravesaba el dique, un poco más abajo, y mirando hacia atrás, Mani, que no sabía de la fatiga, se aferró a su paso siempre único y uniforme. Estábamos cruzando el puente, que, dando una vuelta, pasaba por encima de diques y canales, acercándose suavemente a los muros que brillaban como oro oscuro.

Sabía que dentro de estos muros, en una de las torres altas y negras, el Rey del Mundo estaba de pie, rodeado por sus sirvientes invisibles, que eran las mismas personas que mi enigmático compañero. Rodeado de Goros y sus palacios, cuyas palabras, como creen los lamas, reviven tanto a los árboles como a los humanos.

El cielo estaba más oscuro sobre nosotros, más oscuro de lo habitual — Recordé que esta era la pálida noche de Agartha.

El cielo — digo «cielo», perfectamente consciente de que este término no es adecuado, que expresiones como la bóveda de una cueva o una tumba tallada en la pared, son adecuadas en el mismo grado. Calles, no más anchas que un estadio, medio oscuras, llenas de sombras oscuras, los contornos de templos y observatorios que, como ya he empezado a comprender, representaban la posición de las estrellas y de los cuerpos celestes en los viejos tiempos; el viento se levantaba desde el proto-océano, y por otro lado, tenía el olor de la descomposición y las cuevas húmedas; el crepúsculo, el eterno atardecer de Agartha, habitado por las sombras de los muertos...

Las sombras que caminaban entre los vivos visitaban cada vez más el mundo exterior. Pasamos la noche en un templo abandonado, lleno de estatuas de dioses con cabezas de peces y tridentes en sus manos, que deben haber sido olvidados por decenas y decenas de miles y miles de años. Mani me dijo que ni siquiera recordaba sus nombres y que debían haber sido los dioses de los rojos, los más viejos entre los Segundos nacidos.

Me despertó algún tipo de sonido chirriante, quizás el sonido de una pesada puerta de hierro. Estaba acostado en una fría cama de mármol, con las extremidades adormecidas por un terrible resfriado, y me animó ver una llama pálida en una esquina, en la que apenas me calenté las manos. Mani no estaba cerca. Comí algunos bocados de comida que dejó cerca del lugar donde dormí con el sueño de los muertos, y me recordó a pescado ahumado, como, por ejemplo, cocinan en Rusia, y tomé un gran sorbo de vino en una jarra negra.

Esto repuso mi fuerza y me agudizó los sentidos; Escuché bastante claramente, pasos lentos en las escaleras de piedra que se acercaban fielmente a mí. Podría haber sido Mani o cualquier otra persona, cuya edad se midió en miles de años. Pensé en un verdugo o un miserable del mundo de los muertos. En ese momento no sentía miedo, sino solo tristeza, una tristeza infinita por terminar con mi vida aquí, tan lejos, debajo de la superficie de la Tierra, y porque nunca más volveré a respirar aire fresco con los pulmones llenos, ni veré el Sol...

También recordé que en ese momento pensaba que la vida humana ordinaria, en comparación con las vidas llevadas por los habitantes de Agartha, estaba llena de alegrías que la sabiduría o la longevidad de la Generación primigenia no pueden reemplazar. De hecho, ¿qué podría haber animado a todos los corazones de los habitantes de Agartha, aquellos que simplemente caminaban por las calles de Thule o fueron recluidos en sus torres, como los fantasmas silenciosos? Estaba saliendo de esos pensamientos cuando Mani entró de nuevo en la habitación, en compañía de alguien que me pareció un sacerdote...

Cara a cara

Estábamos descendiendo alargadas escaleras de caracol, luego los corredores interminables que iluminaban las mismas llamas pálidas. Por fin, nos instalamos en una cueva, de cinco o seis brazas de alto, paredes negras, iluminadas por lámparas muy parecidas a las eléctricas. El interior de esa habitación me recordó al interior de una nave cósmica. En una catafalca de mármol negro vi el cuerpo tendido de un hombre, mucho más alto que Mani; permaneció inmóvil y sin vida, y me pareció que estaba realmente muerto, y que estuvo aquí durante cientos o miles de años.

Estaba vestido con una especie de faldón negro, hecho de cuero o de algún material parecido, que se extendía hasta los tobillos. Junto a él, me veía como un enano, un enano, ya que apenas alcanzaba su cintura. Miré fijamente esa cara con la nariz de un águila, la frente alta y los pómulos, en los que no encontré muchas características humanas — era imposible determinar el color de la piel o la edad, las líneas estaban tensas hasta la inescrutabilidad. Antes de que abriera los ojos y me hablara, de repente me di cuenta de que estaba parado frente al Rey del Mundo y escuché sus palabras reverberar en mi mente.

Me mantuve cara a cara con el Rey del Mundo, quien podía hablar con los Inmortales y los Antiguos, y tal vez con Dios mismo, como la leyenda budista afirma, y para quien toda mente humana, dicen, es como un libro abierto. Me mantuve cara a cara con aquel que tenía el poder de llevarme o destruirme. Pensé que el Rey del Mundo podría matarme o revivirme con una sola palabra; entonces vi cómo abrió los ojos y cómo sus labios se movieron suavemente.

«Ves Agartha, el reino subterráneo, en el momento de su declive — no siempre ha sido así. Érase una vez, hubo un momento en que las calles de sus ciudades resonaron de alegría, cuando Agartha todavía podía escuchar canciones cantadas en el idioma de los pájaros; soy lo suficientemente mayor como para recordarlo. Entonces comenzó el momento del declive, y comenzó justo aquí — el momento de la división y la discordia. Los conflictos que comenzaron entre las personas y continuaron entre la Generación primigenia y la Segunda generación fueron difíciles o imposibles de superar.

«Dos o tres veces intentamos restaurar la última Thule y cada intento que hicimos fue inútil. Luego, las divisiones se transfirieron a la superficie de la Tierra, y cada desastre fue peor que el anterior — el último de la serie acaba de comenzar y no se excluye que conduzca al exterminio de la raza humana. El Antiguo necesitaba tiempo, y el tiempo es lo que ahora está escapando, mientras acelera su flujo. La oscuridad está progresando. Sin embargo, llegará el momento, afirma la antigua profecía, en el que la gente de Agartha saldrá a la superficie de la tierra, para traer sabiduría, justicia y bondad a la gente que allí habita».

«Al observar la desolación que te rodea, los signos obvios de descomposición, a los que durante decenas de miles de años ni Agartha escapó, ahora te preguntas si alguna vez será posible. La inversión será espiritual. E inevitablemente vendrá. Ya se está preparando en Agartha y en la superficie de la Tierra. La bestia será —agregó, y recordé esa palabra— destruida. El triunfo del ser y el espíritu ocurrirá justo en el momento en que todo esté perdido, o cuando parezca ser así, pero no antes».

«Y si eso no sucede, el mundo se cerrará para siempre y prevalecerá la oscuridad externa. Sí, la gente de Agartha saldrá una vez a la superficie de la Tierra. Esto sucederá porque el ciclo se está cerrando inexorablemente. Nadie sabe el día exacto o la hora, pero será el momento del repentino regreso de los dioses, el regreso de los muertos a la Tierra. Significará el advenimiento de los Inmortales, un momento de conocimiento repentino, revelación horrible, purificación que, sin duda, traerá la muerte a muchos, y a otros la liberación tan deseada...».

Llamas ardiendo desde el Altar

No sé si este es un registro literal de lo que el Rey del Mundo me dijo ese día o si fue simplemente un reflejo, un eco —un eco de un eco— despertado en mi mente por sus palabras. Tenía que ser esto último. Pensé en el Hades griego, el infierno cristiano y el paraíso judío; el egipcio Ammit, el comedor de los muertos y Anubis, las cosas terribles de las que habla el *Libro Tibetano de los Muertos* — sobre el Apocalipsis y Swedenborg, los mundos de los muertos, que nos son revelados de forma inesperada pero inevitable en su precipitación.

Pero detrás de todo esto, había un solo pensamiento que estaba tratando de suprimir todo el tiempo, para ocultarlo, si fuera posible, al ojo irresistible y que todo lo ve del Rey del mundo: que estos dioses se deformaron durante mucho tiempo lejos de las personas, que en el transcurso de miles de años, han recibido rasgos nuevos, hasta entonces desconocidos y terribles. Algunos detalles sobre las estatuas en los templos —una visión aproximada de los ojos de piedra, mandíbulas demasiado apretadas, una indiferencia loca que se refleja en el rostro— hablaron en su favor. Por otro lado, en relación con los habitantes de Agartha, yo era como un animal o un niño, incapaz de comprender realmente sus palabras e imposibilitado para comprender lo que el Rey del Mundo estaba diciendo.

«¿Quiénes son los antiguos?» Pronuncié, algo abrumado por mi propia pregunta, o más bien por la audacia de mi pregunta dirigida al Rey del Mundo. «¿Y por qué no evitan el cisma que amenaza con semejante cataclismo?»; «No hay forma de que puedan describirse», dijo el Rey del Mundo, «excepto quizás en el lenguaje de las aves hoy en gran parte olvidado». ¿Quiénes son, realmente, los Antiguos?

Pensamos en los recién llegados del universo, en dioses o demonios, o en los padres de dioses, como Saturno o Cronos, los dioses de la Edad de Oro, que duermen con el sueño de los muertos en algún lugar escondido cuando la Edad de Oro terminó para siempre.

Sobre las criaturas misteriosas, enormes como montañas, latentes en el mar, en los icebergs, o en lo profundo de la tierra. Las criaturas que han llegado de las estrellas en el amanecer de los tiempos. Hay innumerables formas de responder a su pregunta. Y sin duda todos están igualmente equivocados. De hecho, ¿por qué no terminan la grieta y detienen el exterminio? Según algunos, los Antiguos han caído en una indiferencia impasible y no están interesados en el mundo de los hombres. Esto contradice el hecho de que son los padres de hombres y que realmente han creado a la especie humana, o al menos una humanidad que conocemos hoy. Dado que, en cierto modo, son responsables de la situación actual, es lógico liberar a las personas de su gobierno de terror y dejar que éstas se dominen a sí mismas en el futuro.

Los miembros de la Hermandad Oscura, aquellos del linaje de Caín, piden una gran venganza contra los Antiguos y se preparan para su destrucción. Pero no son conscientes de a dónde conduce realmente. Amenazan con apagar para siempre el gran fuego de los seres. Nuestro mundo no podría existir en ningún momento sin la presencia y la influencia invisible de los Antiguos. En opinión de otros, los Antiguos necesitan ayuda humana, al igual que las personas dependen de ellos. Su ausencia es sólo ilusoria. Vivimos en tiempos en los que los Antiguos están en silencio y no responden a las oraciones de la gente y ya no escuchan, o esto es lo que les parecen las palabras dirigidas a ellos.

Asumido con impotencia, muchas personas perciben que todo está perdido, ya que los Antiguos han caído en un sueño de los muertos o han muerto hace mucho tiempo. Pero de vez en cuando se despiertan. La luz polar brilla sobre los páramos, fiordos y mares del Mar del Norte; entonces las llamas surgen del altar, y el Rey del Mundo habla con ellas. Las aves se detienen en el campo, los animales salvajes en el bosque y un silencio sepulcral cae sobre la Tierra por unos momentos. Los pastores detienen sus rebaños, observan la repentina oscuridad del cielo y escuchan a su alrededor. No dura más de un momento o dos. Entonces todo sigue estable. Nadie, casi nadie se da cuenta de lo que realmente significa ese momento. Un día, llegará el momento de su regreso.

Aparecerá entre las personas, tal como fue al comienzo de la historia, en la Edad de Oro de la humanidad, como dioses caminando entre los vivos, y nadie sabe cuándo ocurrirá esto exactamente. «No puedo decirte nada más al respecto. Sin embargo, recuerde las siguientes palabras: Los Antiguos son los que realmente son (más que usted o yo y cualquier ser humano) y que una vez más restaurarán la Edad de Oro en la Tierra».

Una historia de Agartha

En una torre de oricalco

Estab pensando que sería mucho mejor si no viera o escuchara nada; que nunca hubiera visto Agartha, este triste reino de los muertos, el reino en descomposición, y estaba, como me pareció, herido e impotente y el rey gravemente enfermo. Pero él se paró frente a mí, en toda su grandeza, divina en su apariencia, de modo que incluso Mani parecía pequeño a su lado. Tranquilo y seguro de sí mismo, levantó las manos y continuó hablando, y todo lo que dijo fue más que sugerente.

Era como escuchar la voz de los dioses que se desvanecían desde hace mucho tiempo, la última voz que el hombre de nuestro tiempo aún podía oír. Algo en mi mente o en el interior más profundo de mi ser, opuesto a la razón, respondió con fuerza. De repente me sentí concernido y entusiasmado. El tiempo de nuestra conversación estaba llegando a su fin. Al final lo vi parado frente al altar, de espaldas. Sus palabras aún resonaban en mi conciencia; desearía que durara mucho más. Sin embargo, cuando Mani me mostró que el tiempo había expirado, nos separamos sin saludar.

Le pregunté a Mani qué significaba todo eso, pero me mostró con la mano que estaba callado y dijo que yo era uno de los pocos mortales que tuvo la oportunidad de ver al Rey del Mundo y hablar con él. Por lo tanto, como él dijo, fui elegido. Mi llegada a Agartha no fue accidental. Este evento fue solo una consecuencia fatídica de innumerables eventos aparentemente insignificantes y desconectados, como mi expedición a los Himalayas, pero hicieron el tejido preciso de este mundo, hecho de miles y miles de estilizados hilos. Lo que todo esto significaba, dijo Mani, se aclarará para mí algún día. Alguna vez, en un evento fatídico que cambiará la faz del mundo, o tal vez no lo hará, si las cosas toman un rumbo desafortunado para el Rey del Mundo y su reino subterráneo.

Una historia de Agartha

El Rey del Mundo, me recordó, tenía el poder de hablar con cualquier ser humano en cualquier momento y leer sus pensamientos sin ningún esfuerzo. Estaba pensando en todo eso durante la noche en la torre de oricalco, mientras que Mani se ahogó nuevamente en un estado que parecía una catatonia en lugar de un sueño. Yacía con los ojos abiertos, mirando al vacío. Fuera, por lo que pude ver, todo estaba en silencio. El mismo ruido nos estaba llegando, la inmersión del océano subterráneo, el viento doblando suavemente las ramas en el bosque de helechos gigantes. Pensé en las trogloditas que lo recorrían y me pareció ver fuegos rojos en la distancia. Mi posición, en esencia, no era muy diferente de la de ellos.

Pensé que yo también tenía el mismo aspecto aburrido e indiferente de los trogloditas, y no soy diferente de un animal en absoluto a los ojos de Mani. Todo lo que entendí, todo lo que vi y escuché, a primera vista, parecía absurdo. Chocó con todas mis convicciones y con todo lo que creía saber, pero la evidencia de lo que experimenté fue irreverente. Algún día volveré al mundo real y con el tiempo, creo, olvidaré el reino subterráneo, como se olvida una pesadilla...

Partiendo de Thule

Al amanecer del día siguiente —digo el amanecer, pero esto, nuevamente, fue solo su pálido reflejo— dejamos esa sombría y subterránea Thule, que solo era un reflejo de su equivalente polar o de aquel Atlántico, o tal vez de ambos, y aún así fueron pisoteados por los mismos hombres-dios o solo por sus sombras. Pasamos bajo sus puertas abiertas, y fue la última vez me volví hacia los muros que brillaban con el resplandor del metal rojo. Deben haber pasado años desde el momento en que entré por primera vez en Agartha, donde el tiempo tenía su propio flujo especial, completamente diferente al de la superficie de la tierra.

Estábamos parados en el mismo disco, flotando sobre los bosques de helechos, mientras el océano subterráneo, a través de pálidos campos, lagos y ríos oscuros, desapareció de mi vista, y luego, de repente, el disco se detuvo en un acantilado y seguí a Mani en un camino que conducía a la entrada a la cueva oscura... Comprendí que este era el final de mi estadía en Agartha, y que pronto volvería a encontrarme en el mundo exterior, en el mundo de las personas. Ese pensamiento me trajo algún tipo de alivio. Subimos una plataforma estrecha tan rápido que por un momento me sentí mareado.

Cuando abrí los ojos nuevamente, vi la cima de una montaña, sentí un fuerte viento soplando en mi cara y unos pocos copos de nieve me llegaron a golpes. Me encontré nuevamente en la superficie de la Tierra. Esto me trajo suerte a corto plazo. A mi lado, Mani estaba de pie ligeramente inclinado. Su cara, similar a la de un hombre de piel roja, con la nariz de un águila y arrugas profundas, que descendieron casi hasta la barba me pareció aún más aterradora de lo habitual. Antes de dar un paseo por el camino que me mostró, le di una mano y él, con su poderoso puño, me agarró el codo.

Me di cuenta de que era una despedida y me pregunté si alguna vez lo vería de nuevo. Se detuvo en silencio, o sus palabras suavizaron el viento, y dijo: «Yo debo ser muy viejo y mi edad debe ser de decenas de siglos. Recuerdo los muros de las ciudades que tienes y nunca escucharás sobre los tiempos en que muchos continentes estaban vacíos. Recuerdo hordas de mamuts al galope y un rugido de tigre de dientes de sable al amanecer. Vi barcos llegar de las estrellas. La vida humana ordinaria es solo un instante. Podemos encontrarnos de nuevo en algún lugar inesperado e inimaginable, en una brillante nebulosa de Orión o en una triste meseta de la Asia prehistórica...». Luego, finalmente, nos separamos, sin mirar atrás y cada uno de nosotros siguió, simplemente, su propio camino.

Al final del día, descendía peligrosamente cuesta abajo, deteniéndome sólo para tomar un sorbo de vino, el opulento vino de Agartha, y por la noche vi los muros de un monasterio esculpido en un acantilado. Estaba de vuelta en el Tíbet. La Tierra ha cambiado su rostro irreversiblemente por ese corto espacio de tiempo. El mundo, el exterior del mundo cambió inevitablemente, pero la estadía en Agartha, ciertamente, también me cambió a mí. Recuerdo que me llevaron casi congelado por dentro y me acostaron en una cama, de la cual me levanté después de unos días.

El levantamiento de los titanes

En los años siguientes estuve viajando por China, afectado por la revolución y la guerra. Las noticias que me llegaron desde que salí del Tíbet fueron escasas y confusas. A mi alrededor se ensambló un mosaico que mostraba una imagen aterradora. No había duda de que el mundo entero se vio afectado por una catástrofe, una de las más destructivas a lo largo de toda su existencia, una hecatombe que solo podía compararse con la destrucción de la Atlántida. Punto por punto, se estaba confirmando la profecía del Rey del Mundo.

Me di cuenta de que en poco tiempo, durante solo unos pocos años, millones de personas fueron borradas de la faz de la Tierra. El conflicto ya era de carácter titánico; el ataque atómico a Hiroshima marcó el comienzo del levantamiento final de los nefilims, que destruiría a Agartha. Esperaba que la guerra continuara. Esa noche, escuché nuevamente la voz del Rey del Mundo y salí de una remota aldea china para llegar a Mongolia. Con los nómadas con los que atravesé el desierto de Gobi, la idea de que pronto me encontraría en la civilización me parecía imposible y divertida. Los años de exilio, la estancia en Agartha y las andanzas por Asia Central continuaron rompiendo este hábito.

Hace aproximadamente mil años, varios miembros de la raza de Titanes comenzaron su rebelión en Agartha, la última rebelión contra el poder espiritual del Rey del mundo. Hubo cambios dramáticos en la superficie. Renunciaron a la obediencia a los Inmortales, y luego forjaron una alianza con los Antiguos. Un cierto número de miembros de la Raza de Plata se unieron, siguiendo sus objetivos egoístas, lo que aumentó enormemente el poder de los conspiradores. Se les opusieron los últimos miembros de la raza heroica, que se unieron al resto de la gente de la Edad de Oro. Cuando su rebelión fue reprimida en Agartha, desaparecieron de la superficie de la Tierra.

Esto debilitó enormemente el poder del Rey del Mundo. Ahora la técnica a disposición de la Raza de Hierro por su poder destructivo se acerca al poseído en Agartha. Los últimos centros espirituales en la superficie son destruidos o pronto correrán esa suerte — esto hará que la posición de la humanidad sea realmente trágica. La humanidad de hoy se parece a un caminante lunar que avanza hacia el borde de un acantilado. El espíritu titánico de la rebelión ciega viene de todas partes, frente al que la gente de la Edad de Hierro está cediendo, lo quieran o no... Recordé las palabras del Rey del Mundo: «El gran fuego de los seres amenaza con extinguirse para siempre». El objetivo de los Titanes, como dije, es la destrucción de los Antiguos. El duelo con los Inmortales será despiadado, se ha preparado durante mucho tiempo en los oscuros laberintos de Agartha, y ahora, más o menos abiertamente, más allá, en la superficie. Ambos, los Titanes y los Inmortales, miran a la gente de la Raza de Hierro con el mismo desdén.

Para ellos, son como insectos que se deslizan por la superficie de la Tierra. La guerra antigua continuará indudablemente, con nueva fuerza.

La voz del rey del mundo

A principios de 1947, me crucé con un grupo de nómadas al Transbaikal soviético. Poco después, fui privado de mi libertad. Ante los investigadores de la NKVD, mencioné un nombre que funcionaba como salvoconducto. Hoy creo que debo mi vida al misterioso poder del Rey del Mundo, que se extiende a todos y hasta los más distantes rincones del planeta. Ese es, repito, el año en que la amenaza del cataclismo final estaba eclosionando sobre la humanidad. Después de un tiempo, inesperadamente para mí, siguieron señales de calma , ante nuestros ojos comenzó a tomar forma el mundo tal como lo conocemos hoy. Me gustaría decir que contribuí a ello.

Pero solo somos peones en un gran juego de ajedrez que dura miles y miles de años; medios que transmiten los mensajes de otros y ejecutan, o no, las tareas que estos otros han establecido antes que nosotros. Su verdadero significado elude nuestra comprensión. Como dije, en todo esto fui un simple observador o mensajero, en lugar de un verdadero participante. Lo que sé, lo que vi con mis propios ojos, es solo una pequeña parte de la verdad, que solo es completamente conocida por el Rey del Mundo. Sin embargo, deseo no tener que despertar nunca más con su voz, y con los años que han pasado, hay menos posibilidades de que vuelva a escucharlo.

Durante la última década, fui asociado a la Secretaría del Instituto Geográfico en Moscú. Las relaciones estrechas con China pospusieron o rechazaron, en mi caso para siempre, una tan esperada expedición soviética al Himalaya. Me alegré porque no quería volver allí.

El regreso de los inmortales

MIS DÍAS EN MOSCÚ fluyen de manera uniforme, sin emoción ni pasión, y estoy agradecido a Dios por ello. Soy consciente de que este es solo otro nombre para una muerte prolongada, para una muerte lenta, pero eso es lo que está sucediendo en todo el mundo — una disolución lenta, una transición gradual a la entropía, a la nada, un viaje para el que no hay fin. Lo que podemos esperar es una muerte indolora. Las montañas se están desmoronando, al igual que los muros de pueblos antiguos o nuestros cuerpos desgastados, que se asemejan a los fantasmas hambrientos, y nada más que el fuego mismo podrá restaurar la pureza e inocencia de la Edad de Oro... Incluso los Inmortales mueren. El número de personas de la raza dorada ahora es sólo simbólico. No sé si esto es así también para los Antiguos. De vez en cuando, recuerdo la promesa del Rey del Mundo: que la gente de Agartha volverá a la superficie de la Tierra.

Creo que será eso lo que suceda al final. ¿Qué inversión tenía en mente? Estoy pensando en el momento en que la gente se enfrente a los Inmortales cara a cara. ¿Será este el momento en que los Antiguos eventualmente se despierten, el momento de su tan esperado regreso? Para muchos de ellos es la última esperanza de que la humanidad pueda unirse, que el período de sabiduría, justicia y prosperidad finalmente llegue, ese florecimiento prometido del que hablan las antiguas profecías.

Creo que ese día será completamente diferente de lo que muchos imaginan. Lo que vemos hoy como en un espejo, retorcido y distorsionado; lo veremos con bastante claridad entonces. Será el momento de la verdad, cuando el velo finalmente caiga con siglos de secretos ocultos. Será un tiempo en el que los muertos desborden la tierra y donde los vivos se vuelvan iguales a los muertos. Surgirá

Una historia de Agartha

un antiguo terror, y sabremos lo que hemos sabido durante mucho tiempo — que no podemos ver la verdad desnuda y que solo una mirada podría cegarnos o matarnos. El Reino de Agartha se extiende debajo de cada continente, lo que significa que sus habitantes en la tierra aparecerán en todas partes al mismo tiempo.

¿Su apariencia traerá a la raza humana la destrucción o una nueva era de prosperidad? ¿O los inmortales sienten solo indiferencia por los humanos? Este será, y eso es lo único cierto, el final del mundo que conocemos hoy. Nunca veremos el regreso de los Antiguos porque no lo experimentaremos; sólo los Inmortales, aquellos hechos de oro y no de hierro o polvo, pueden hacerlo. Esto solo puede hacerlo el Rey del Mundo y algunos de los Primogénitos, que entonces se mantendrán erguidos alrededor de su trono.

Parte III

Epílogo

Algunas palabras al final

MI HISTORIA SOBRE AGARTHA y la historia de mis viajes, la vida de Ahasver, el vagabundo, terminó cuando salí de China. Con esto finalizó mi exilio de la patria, de casi tres décadas de duración. Las andanzas de Odiseo duraron menos. Los treinta años, una vida de una generación aquí en la Tierra. Tocando su tierra natal con su pie, Antaeus, afirma un mito, renovó su fuerza. Y Odiseo, al final, regresa a casa, a su Ítaca, pero no como un rey, sino como un mendigo. A su tierra natal, donde nadie más podría reconocerlo más.

Ni él, que una vez apareció como «nadie», pisa su tierra natal bajo su propio nombre. Solo la fiel Penélope lo esperaba allí, según Homero. Queda por agregar solo algunos episodios más, que se relacionan principalmente con mi estadía en Estados Unidos, algún tipo de humilde epílogo a esta historia. Y también tratan sobre leyendas, cuentos de hadas y mitos. El pasado, para nosotros inalcanzable, está oculto en ellos, dice un escritor, como una serpiente en la hierba. El pasado, y especialmente el pasado lejano, es un país extranjero para nosotros, cuyo idioma no conocemos o lo olvidamos.

Estas son historias de personas gigantes, inmortales y dioses que, supuestamente, alguna vez caminaron por la tierra; sobre la diosa de la libertad que aún mantiene la entrada al puerto de Nueva York e ilumina el mundo con su antorcha; sobre los vientos que soplan continuamente desde el Este; de Asia y Escitia, trayendo nuevas gentes a Occidente, y sobre un viajero de Dios que trae disturbios a todas partes, en lo que el lector, me temo, difícilmente podrá creer. Todo se verá como el producto de un perturbado, imaginación enferma. O como una historia para personas simplistas y crédulas, hecha para entretener a los ignorantes sin espíritu. Mientras escribo estas palabras, en mi escritorio una piedra preciosa salida de los tesoros del subsuelo en el Altai mongol brilla con un resplandor rojo, es el único tesoro que poseo.

Describí al comienzo de esta corta historia cómo encontré esa piedra preciosa. Y esa historia fue igualmente increíble. Algunas notas oficiales se están quemando en un frasco chino hecho de jade. Una medida de precaución que es casi irrelevante; alguien ya intentará borrar todas las pistas que conducen, o podrían conducir, a Agartha. La verdad al respecto permanecerá oculta por algún tiempo. Cuando eliminamos nombres y fechas de una historia, y el tiempo borra a los verdaderos protagonistas y el recuerdo de ellos, solo queda una historia, una leyenda, y eso es lo importante, lo que se recuerda y lo que se repetirá a lo largo de los siglos.

En los años venideros, ha habido algunas insignificantes expediciones más —insignificantes en el contexto de estos recuerdos— durante las cuales siempre he encontrado los signos del País Prohibido y que, como el lector ya ha notado, están dispersos por todos los continentes. Mientras tanto, la idea de una expedición soviética al Himalaya se detuvo. Tal decisión fue completamente correcta. Las señales que conducen a la Tierra del Fuego Subterráneo —también llamada la Tierra de los Milagros o la Tierra de los Dioses Vivientes— están escritas en las letras del misterio del alfabeto y en los idiomas de innumerables naciones. El mundo entero, de hecho, cubre la red secreta de Agartha. Esta red está compuesta por sus devotos, que pacientemente, durante siglos, esperan su momento. Y ese momento llegará tarde o temprano.

En la superficie de la Tierra el tiempo fluye rápido, pero este remolino que deja cadáveres y ruinas no asusta a los habitantes del mundo subterráneo. A la sombra de los Goros, siglos y milenios no son más que un día prolongado. Las voces de los habitantes del mundo subterráneo son susurros. Esto lo escuchan sabios y monjes en sus cuevas, en el Oeste y en el Este, desde Palestina y la Montaña Sagrada, hasta el Tíbet. Sin embargo, de vez en cuando, la Tierra tiembla en su base, y el Sol, la Luna y las estrellas cambian su camino. El gigante Gong gong, dice Lao-Tse, rompe el pilar celestial, el eje de la Tierra cambia su inclinación. Los pilares del cielo se están

Algunas palabras al final

rompiendo ahora.

Todo el universo se detiene en la confusión. La tierra se abre para derramar su agua y fuego que inundan los continentes. Las naciones se ahogan en sangre y el cielo adquiere un color rojo carmesí. Eso es lo que aprenden los lamas y los sabios budistas, aquellos inspirados por la tranquila sabiduría de Agartha. Detrás de uno de estos cataclismos mundiales llegaron años de frágil paz. La bestia, que por un momento emergió del abismo, finalmente fue derrotada, incluso a costa de sesenta millones de vidas humanas. (Esta es la bestia mencionada por el Rey del Mundo).

El Tercer Reich fue demolido, con sangre y cenizas, y detrás de estos eventos, con toda probabilidad, estaban los adeptos de la Hermandad Oscura. El trono del gobernante sublime, el Rey inmaculado del mundo, se vio quebrantado. Luego se hizo el silencio, lleno de horrores espantosos.

Es poco conocido que, en contraste con la Oscura o Hermandad Oscura, hay otra, aún más secreta, cuyo lema es «El rojo sobre el caos». Ahora está bastante claro que en un futuro cercano habrá un desastre mucho más terrible, y que la paz, que hubo mientras tanto, fue solo una tregua a corto plazo. Una breve pausa antes de la tormenta. La humanidad se precipita ciegamente hacia ese cataclismo, similar al que hizo desaparecer en el agua a la antigua Atlántida, entre el humo y el fuego, en el océano. Ningún humano, ningún ser humano podrá detenerlo.

Tal cosa está más allá de los poderes humanos. Es la guerra la que guía a los Inmortales entre ellos. Los corazones de las personas están horrorizados. Debajo de las máscaras se revelan sus rostros verdaderos — los rostros de los Inmortales y los Titanes. Ahora los estamos mirando con asombro. Un rabino reconoce bestias bíblicas en ellos, los padres cristianos hablan de ellos como jinetes apocalípticos, que repentinamente emergerán en el horizonte, al final de los tiempos. ¿Quién obtendrá la victoria en esta batalla apocalíptica? La guerra generalizada de la que estamos hablando aquí se ha librado desde el comienzo de la historia, desde Roma y Cartago, y mucho antes de ésta, desde el comienzo del mundo; solo vimos su pálido resplandor. Siempre es la misma batalla — la que tiene lugar en el fin del mundo. Todo depende de su resultado. Solo en ésta, dijo el Rey del mundo, el fuego de los seres puede despertarse nuevamente.

Los Titanes, «aquellos de la línea de Kain», forzaron su camino hacia el Olimpo, rebelándose contra el padre de los dioses. En los cielos, como Los Padres de la Iglesia enseñan, los dos ejércitos siempre se enfrentan: las legiones demoníacas y la legión de los ángeles, liderados por el arcángel Miguel con una espada extraída del fuego. En la Biblia, encontramos la profecía sobre las hordas de Gog y Magog, que son «numerosas como la arena del mar». El Apocalipsis, el *Libro del Apocalipsis*, contiene una profecía sobre la última batalla con los ejércitos del Anticristo. El segundo ejército será dirigido por Cristo mismo. Platón también habla de esta batalla en su relato sobre los divinos Atlantes: los hombres-dios que vinieron de las islas de Occidente para gobernar el mundo. Los musulmanes creen en la llegada de Mahdi, el príncipe que se opondrá a Dzhamal, mientras que los zoroastrianos esperan el regreso de Saosyant — el Salvador. Los hindúes esperan a Kalki, el décimo y último Avatar...

Inconscientemente espero a Dios, su segunda venida... Creo que siempre ha sido así, y eso continuará hasta que salga el sol y el cosmos se sumerja en la oscuridad eterna.

Vivimos en el momento del eclipse, cuando la oscuridad es tan espesa que nadie recuerda qué es la luz. Las características de la humanidad moderna son la ceguera, la crueldad y la avaricia irresistible. Estos son los hombres de hierro, los menos valorados de todas las razas humanas, aquellos que están destinados a vivir en la Noche de Dios.

Cegado por la codicia, un hambre incontenible de oro, Francisco Pizarro destruyó el antiguo imperio de los Incas. Lo mismo hizo Cortés en México, con el Imperio Azteca. Julio César conquistó la Galia para apoderarse de las minas de oro y monetizar el oro gaélico. Para César y Roma, el oro se convirtió en botín. El oro pronto se encontrará en manos de comerciantes, usureros y especuladores. El viejo orden finalmente fue derribado. El toque de sus manos oscureció incluso el brillo del oro. Esto extinguió irreversiblemente la luz

Algunas palabras al final

divina y, junto con ella, desvaneció la autoridad sagrada del Rey del Mundo, al igual que la autoridad de cada gobernante en la tierra. Comenzó un período de impotencia. Porque, ¿qué es el oro si no la luz del sol, que al principio de los tiempos se convirtió en materia? Siempre ha habido un signo de igualdad entre los gobernantes, el sol y el oro. Por lo tanto, el oro, al igual que la luz solar, no puede pertenecer a nadie, a ningún rey, a ningún hombre, o incluso al Rey del Mundo. Intentar tomar algo de eso solo para nosotros es la usurpación de lo que pertenece a todos. El que se apropió de una pepita de oro hizo algo intolerable, cometió el delito más grave: tomó de la gente un rayo de luz. La primera usurpación fue cometida por el rey que alcanzó el oro como propiedad (no el símbolo). Entonces todos los demás hicieron lo mismo. Todos, incluso la mafia callejera, intentaron tomarlo exclusivamente para ellos. El período del eclipse es el tiempo de deambular. La era de los grandes descubrimientos geográficos es también la época del hambre general de oro, una búsqueda febril del reino dorado, de *El dorado*. Abordada con inquietud, fiebre dorada, la gente abandona su tierra natal y se convierte en *Ahasver*, en pícaros, codiciosos y audaces. Todos estos son los signos que prevén la tempestad, la tormenta que se avecina.

Las siguientes frases se escribieron a finales de los años treinta, mientras que el autor de estas notas vivía en América y, algo más tarde, en Europa, en Alemania, que más tarde fuera gobernada por el nazismo; en un momento en el que todo el mundo estaba congelado en un invierno frío y terrible, como el que encadenó a *Hiperbórea* con hielo. Eran una especie de despedida, una expresión de clausura, una palabra pronunciada al final, o un modesto epitafio.

Una historia de Agartha

Las personas-gigantes caminaban por la tierra

«Los indios Zuni creen que sus antepasados vinieron del inframundo y que los antepasados de otras naciones también vivieron alguna vez en cuevas, en el interior de la Tierra —dijo un chamán navajo— y los aztecas pensaron que eran una de las siete tribus que un día salieron de las cuevas de Aztlán». «Los chamanes Hopi dicen que incluso hoy en día hay una cueva en el Gran Cañón que representa la entrada al mundo subterráneo —habló el anciano, caminando penosamente a través del polvo rojo con los pies descalzos— y los apache afirman que allí en su reserva sigue siendo un túnel el que conduce al subsuelo donde existen tribus misteriosas que no son personas como nosotros en absoluto». Estas personas de la tierra de Aztlán eran supuestamente gigantes, y el chamán mencionó las tumbas de los gigantes que todavía se pueden encontrar en las montañas. «Todo esto es bien conocido incluso para los blancos. Las tumbas de tales agujeros también se han encontrado en Arizona y Ohio, y en muchos otros lugares. Solo les llegaríamos hasta la cintura. Los blancos se preguntaron sobre esto, ellos escribieron sobre ello, y después, de repente, los esqueletos de los gigantes comenzaron a desaparecer, de la noche a la mañana».

¿Por qué? Nadie puede eliminar los rastros de su existencia, porque están dispersos por todo el planeta. Esto también se evidencia por las ciudades que dejaron atrás. Las leyendas indias afirman que los gigantes en algunas partes de los Estados Unidos podían encontrarse hace unos cientos de años y que esas personas vivían en la Patagonia, en el Sur del continente hasta hace poco. Le dije que nuestros libros sagrados saben sobre los gigantes y sus antepasados — sobre la raza Didanum, por ejemplo, y sobre los gigantes en los territorios de América, y en un período mucho más tardío, se atestiguan numerosas informaciones sobre la gente del mar. Pigafetta, un cronista de la expedición de Magallanes, informa sobre el encuentro con uno de esos gigantes en la Patagonia, que cantó y bailó ante ellos, mientras tiraba arena sobre su cabeza. Los marineros solo le llegaban a la cintura al gigante. Algo similar es afirmado por el marinero Francis Drake, así como por John Byron, el abuelo del famoso poeta, que también fue viajero y marinero. Por lo tanto, la Patagonia es conocida como «la tierra de los gigantes». Todas estas informaciones fueron descartadas posteriormente como falsas. No solo los humanos — en el pasado muchos animales disfrutaban de un crecimiento gigantesco. Los huesos de animales prehistóricos a veces se encuentran mezclados con los huesos de gigantes humanos. Continuando con ellos existen, o existieron, las razas humanas enanas. Los pueblos de Aztlán eran gigantes, al menos bajo nuestra perspectiva, y el restos de estas razas aún habitan el interior de la Tierra. ¿Por qué los gigantes se retiran ante la gente de nuestro tiempo, para finalmente desaparecer por completo de la superficie? Creo que estos son solo los restos de antiguas razas cuyo tiempo ha expirado.

«Se cierra un ciclo de tiempo para comenzar otro nuevo. Los mayas sabían mucho al respecto. Pero esto no sucede en todo el mundo al mismo tiempo. Las razas supervivientes desaparecen gradualmente, las nuevas entran en su lugar. Como sucedió hace cien siglos. Estados Unidos ha sido durante mucho tiempo un mundo a la sombra de la tierra de Aztlán. El mundo que lo rodeaba en el Oeste. Estoy hablando de una época de hace miles de años, no recordada por ningún hombre en la Tierra. Y ahora ha vuelto su tiempo: el regreso del fantasma de la tierra de Aztlán. Muchas naciones antiguas se extinguirán, y otras desaparecerán en el inframundo, donde han desaparecido tantas razas antiguas».

La libertad iluminando el Mundo

Esta vieja América, la América a la que pertenecía el chamán Navajo, había muerto hacía mucho tiempo, y sobre sus restos, sobre su cadáver, ahora se estaba levantando una nueva y completamente diferente: Una América que no deja de sorprender y cautivar, y hacia la que procesiones de peregrinos se dirigen desde todos los rincones del planeta, desde todos los continentes, sin percatarse de lo que realmente están haciendo. ¿A qué tipo de deidad adoran? ¿No se estarían también dejando esclavizar por sus demonios? La nueva nación americana es una nación de refugiados y peregrinos, todos aquellos que querían escapar de su pasado. Los que llegaron a su suelo pensaron que habían dejado atrás no solo su país de origen, sino también el «pecado oriental» con todas sus consecuencias: la maldad, la enfermedad, la pobreza y la muerte… Allí, en esa isla feliz, como ellos imaginaron, lobos y corderos vivirían en paz, unos al lado de los otros. Allí, libres de la historia y de sus engaños, finalmente construirán su «Bright City on the Hill», su Nueva Jerusalén. Algo que no tendrá rival en la historia. ¿Pero quién puede escapar de su pasado? ¿Y quién puede escapar de sí mismo?

En el verano de ese mismo año, caminé a lo largo de las orillas del Río Hudson y contemplé el panorama de los rascacielos, los más altos del mundo. Aquí también estaba obsesionado con el pasado antiguo de ese continente, el que tuvo lugar antes de que los primeros colonizadores blancos intervinieran. Aquellos que cruzaron el mar, desde el Este, en los barcos, para comenzar una historia completamente nueva. La capital de los toltecas se llamaba Tula… Quetzalcóatl era su héroe mítico, un hombre con barba y piel clara; quien vino del este por mar — para regresar a su patria algún día.

¿Sabía el chamán indio de qué estaba hablando? ¿No era la América moderna la auténtica Nueva Atlántida de Francis Bacon, con todos sus milagros? Atlantis, equipado con todas las innovaciones de las nuevas tecnologías, barcos de guerra, aviones, submarinos, armas mortales y destructivas; ¿La Atlántida que nuevamente se estaba preparando para la conquista del mundo, para una campaña victoriosa hacia el Este, para llevar a la luz una nueva civilización? En el momento del descubrimiento de América del Norte por los europeos, sus habitantes originales de piel roja fueron llamados indios — todavía vivían con su propio estilo de vida, en bosques y sabanas, en el Neolítico.

Es decir, no conocían los metales. ¿Podrían estos habitantes originales estar realmente vinculados con Atlantis y los Atlantes, con el «continente rojo» del que hablan los esotéricos e investigadores del pasado mítico de la Tierra? ¿No es, al final inútil, pensar en el futuro de una nación, una tierra y un continente siguiendo el antiguo mito, una historia de origen dudoso y una edad aún más dudosa?

Los descendientes de europeos hoy desprecian sus antiguas tierras porque creen que viven felices en su isla, en su prosperidad sin rival, y que rompieron con el pasado y la historia para siempre, que es solo una historia de deshonra e ignorancia, de la cual estarán exentos en el futuro, ya que Dios mismo los eligió para ello. Además, creían que su misión era llevar la llama de la libertad a todo el mundo, el que arde en la antorcha, en el brazo orgullosamente elevado de la Libertad, Libertad Iluminando el mundo, en la isla de Bedloe, en la entrada del puerto de Nueva York.

Siete brazos de su corona

Si viajaran de noche, algunos de los viajeros verían primero la luz de la antorcha en la mano de la Diosa de la Libertad al acercarse al puerto de Nueva York. Al igual que el Coloso de Rodas, una de las maravillas del mundo antiguo, la estatua era un faro. Los pies de la Diosa de la Libertad descansan sobre cadenas rotas. Los siete brazos de su corona simbolizan la regla de los siete mares y los siete continentes, a los que América ofrece su libertad y los ilumina con una luz desconocida: alguna radiación nueva y hasta ahora desconocida. Se cree que el que creó esta tierra única de utopía y de la «república de la virtud», su mítico padre fundador, ha subido al cielo, en uniforme masónico, para ser igual a los dioses de la antigua Roma — como muestra la imagen en la Cúpula interior del edificio del Congreso americano. Su nombre es «Apoteosis de Washington». Sin embargo, ¿qué es esa radiación que brilla sobre los siete mares y los siete continentes? Para los primeros colonos, para sus pioneros puritanos, la despedida de sus antiguas tierras de origen eran muy parecidas al éxodo bíblico de los antiguos israelitas que escaparon de la esclavitud egipcia. El Atlántico era su Mar Rojo y el Desierto del Sinaí, y el Nuevo Mundo era su Canaán.

Tierra prometida. La que en el *Antiguo Testamento* Yahweh pretendía para ellos. En algún lugar, también se le llama el «dios de Gran Bretaña». «El conocimiento, como el sol, partió desde el Este —afirma uno de estos peregrinos— y luego cruzó hacia el Oeste, donde disfrutamos de su luz durante mucho tiempo». Se asemeja al viaje de los tres reyes magos que siguieron a la estrella de Belén. América, América virginal, era considerada por otros como un verdadero paraíso terrenal. Este paraíso terrenal luego se convierte en la mítica Atlántida, milagrosamente levantada del océano. El mundo de los muertos, que trae sus dones a los vivos. Hasta ese momento,

América estaba oculta; detrás del hecho de que finalmente se descubrió que acababa de salir del mar en ese momento, debió darse algo milagroso; algún secreto divino, el pensamiento divino mismo. Sin embargo, la América que conocí en la década de 1930 estaba dedicada al trabajo febril y no se parecía en nada al magnífico imperio de la imaginación puritana que se movía hacia el Oeste. Estaba obsesionada con los discos, un culto a la juventud, a los deportes y a los periódicos. Es, de hecho, el camino de la salvación estadounidense; su manera de vivir y morir, el camino que los estadounidenses y los que les siguen utilizan para alcanzar la felicidad. Una dicha similar a la adquirida por los buenos cristianos o musulmanes en el paraíso. Sin embargo, detrás de la apariencia de esa América ultranacional y ultramoderna, la imagen de un continente casi mítico se atenuó. Así apareció ella ante mi por un momento, en un abrir y cerrar de ojos, aunque en el futuro sería obvio para todos.

Creían que Estados Unidos, con su riqueza y poder, no tenía un competidor digno en el mundo incluso entonces. El país bárbaro, que se levantó orgullosamente en Occidente, era casi como la Atlántida de Platón. El hemisferio del Oeste, la mitad del mundo, ya les pertenecía; a otros se les prohibió interferir. Esta prohibición se vio forzada por razones morales: la corrupción del Viejo Mundo, la podredumbre de Europa ya gobernada por el Anticristo. Esta América, al principio, tenía que estar cercada por un muro invisible, que la protegería de las hordas del mal, de Gog y Magog. Simplemente no pudo suceder. Los estadounidenses ya se han visto a sí mismos como el pueblo recién elegido — personas bendecidas por el mismo Señor, que las predestinó a gobernar sobre todo lo demás. Aquí es donde se estaba creando una raza humana completamente nueva. Lo pensé en un edificio construido en la Octava Avenida de Nueva York. Había una agradable semi oscuridad en la habitación. En una mesa pequeña, como un altar o santuario, las velas ardían en el candelabro de siete brazos. De algún lado llegó el olor espeso y el pesado humo de las resinas vegetales; Entre otras cosas, el olor a incienso era más fuerte. Todo esto contribuyó a la atmósfera, al mismo tiempo magnífica e inquietante, llena de anticipación, como si algo fuera de lo normal estuviese a punto de suceder. El Capitán Hastings habló sobre la historia secreta de América y sobre la nueva raza que traería la Nueva Era, gracias a la evolución espiritual de la humanidad. Similar a Blavatsky, habló de una mutación gobernada por el pensamiento Divino.

La historia, creía, iba según el plan. Asumí que estábamos en un templo masónico, en una de sus cámaras, destinada a los «hermanos» que impartían lecciones. La pared estaba llena de una variedad de símbolos, entre los cuales se encontraba el pentagrama invertido — signo del Kali Yuga, de la edad oscura, con dos picos apuntando hacia arriba, como el adepto acababa de explicar: un signo de brujería humana, que inequívocamente revela la posición de la «mano izquierda». Luego, una esvástica y una cruz de rosas, y una gran cantidad de símbolos supuestamente egipcios, incluido el *ankh* egipcio, hecho de metal dorado. Pero, sobre todo, había una imagen del Gran Arquitecto del Universo; Una escultura grotesca que fue tallada en marfil, no más alta que un codo. Era una criatura hermafrodita con cuernos, que se parecía a una cabra sentada, con las piernas dobladas y las alas relajadas, un brazo levantado y el otro extendido.

Hoy, mientras escribo esto, es aún más obvio de lo que lo era entonces. Los ojos de la humanidad están recurriendo a este, hasta hace poco, país remoto. América, una isla que amenaza con ahogarse en el mar, tiene su teología, su propio evangelio, aunque absurdo, del mensaje que envía a toda la humanidad en ambos hemisferios. Al participar en sus misterios, los creyentes del nuevo culto adoran al dios desconocido. Creyendo una vez en su propio excepcionalismo, es natural que los estadounidenses hayan tratado de dar forma al resto del mundo a partir de este modelo. El despreciado Oriente tuvo que ser convertido en una colonia; Oriente, es decir, el mundo entero, habitado por numerosos y diversos pueblos, en los siete continentes.

Creían que representaban al Nuevo Israel, y durante ese tiempo el mundo estaba cubierto por la sombra de algo que crecía a sus espaldas: la sombra del continente muerto, la sombra de la Trans-Atlántida. Su resurrección marcará el regreso de los muertos, la resurrección de los antepasados muertos, que dan ingentes regalos a todos, llevándoles abundante Edén, o al menos su promesa. Nos pareció que millones de personas marcharon alrededor del mundo, encabezadas por sus líderes cegados, pero en realidad, marchaban muertos, resucitados del fondo del océano. Siete puntas de la corona de la diosa iluminaron todo el mundo, amenazando con reducirlo a cenizas.

Wotan está despierto, el viajero

Incluso ahora, creo, a través de la precaria Alemania, en las tabernas y en las aldeas, uno puede encontrar representaciones interesantes y extrañas de Cristo: está sentado aquí en un caballo blanco, como un viajero enigmático, como un misterioso recién llegado. Un vagabundo, llegando desde lejos, con el viento y la lluvia, en una noche tormentosa y oscura. Hacia el final de la República de Weimar, una extraña agitación envolvió a la juventud alemana. El caminante de Dios había regresado, anunciando la tormenta. Los niños y niñas rubios comenzaron a deambular «desde Nordkapp hasta Sicilia —dice Carl Gustav Jung— armados con una mochila y un laúd».

Su deambular era aparentemente inútil. Porque despertó a «Wotan, el viajero». Wotan-Odin, que no solo es el dios de la intoxicación, sino también el iniciado en los misterios, en los misterios de lo oculto, y tiene un conocimiento sobre las runas. Es el que colgó boca abajo durante nueve días y nueve noches para beber de la primavera de Mimi, la Fuente del Recuerdo. Lo acompaña una inquietud no especificada y un gemido de viento, el viento que acompaña al Zaratustra de Nietzsche, «que de repente abre las puertas de los castillos de la muerte». Para empezar, varias ovejas fueron sacrificadas por él. Entonces, millones. La ola movió a miles, y pronto a cientos de miles, incluidos viejos y niños. Toda Alemania se puso de pie para llamar a lo desconocido.

¿Quién dirigía ese movimiento que no era el mismo fuego que estalló décadas atrás en el Este, con la revolución bolchevique, durante el octubre rojo? El movimiento alrededor de 1933 se convirtió en una marcha de millones, pero luego, como *Ahasver*, el eterno viajero, yo ya había abandonado Alemania, pensando que nunca volvería. Lo que vi en el otoño del 37, y no solo en Alemania, me causó asombro e incredulidad. El mundo entero en esos años estaba bajo un movimiento agitado, temblando, y no solo Estados Unidos, Alemania o Rusia. En el Lejano Oriente, Japón y China también se vieron sacudidos, sumidos en el sangriento caos de la guerra civil. Las grandes ciudades de Oriente y Occidente se agitaron. El período entre las dos guerras mundiales fue interino. Miramos el tiempo anterior con melancolía. ¿Es de extrañar, entonces, que en un mundo así hayamos buscado otra fortaleza, recurriendo a épocas antiguas o, aún más, rechazando con desprecio todo lo que llevaba la marca de la modernidad?

El viento que sopla de Escitia

Alemania siempre ha estado asustada por un terror primario: el miedo a Oriente, a la estepa, que es el antepasado de los Escitas y los Hunos. Anteriormente, Alemania estaba separada de Sarmatia y Dacia por «un muro impenetrable hecho de montañas y miedo mutuo» como afirmó Tácito. Ahora bien, las armas traqueteaban a ambos lados del muro y millones de ejércitos se reunían. Sin embargo, el mismo horror paraliza a los británicos, pero para ellos los alemanes también son los «hunos»: los bárbaros que beben de cráneos humanos. Para los occidentales, esto es siempre lo mismo, la infinitud asiática, de la cual surgen constantemente nuevos pueblos e ideas que sacuden el mundo. El viento, que sopla desde Asia y Escitia, llega hasta Tracia y Alemania, y más allá, llevando consigo personas como hojas secas, hacia el Oeste. En vísperas de la guerra, esa inquietud, ese horror primario, tenían un nuevo nombre: bolchevismo. Peligro rojo. En el Este, la Rusia soviética se levantó, gobernada por el Emperador Rojo, la misma Rusia que tanto temían los ciudadanos alemanes. El cuarto imperio ruso, que estaba destinado a traer la paz a Eurasia, al menos brevemente. Antes de esto, el Tercer Imperio Alemán debe haber caído.

Solo entonces podría seguir el conflicto de dos mundos, entre Oriente y Occidente, la batalla final de la historia, *Endkampf*, la batalla que aún está por llegar. Occidente era el verdadero enemigo de Oriente, la Nueva Cartago debe ser destruida y sus campos sembrados de sal. Un monstruo marino, un Leviatán, un monstruo que debía ser devuelto a las profundidades del mar. Detrás de cada una de estas fuerzas se encontraba la otra, aún más reservada, cada una de ellas con sus fortalezas en Agartha y basadas, al menos, en sus enseñanzas pervertidas. Y en cada uno de ellos actuaron los devotos de la Hermandad Oscura. El objetivo del Rey del Mundo era restablecer el Imperio Ram Solar, que restauraría la paz y traería prosperidad a las naciones. Prosperidad a todas las naciones de la tierra. Entonces no lo vi todo con claridad, estos son los pensamientos posteriores de un anciano que sobrevivió al cataclismo del mundo, el más aterrador de todos los que recuerda la historia humana.

En ese momento pensé que todavía era posible un acuerdo y que estábamos a solo un paso de alcanzarlo. Dos años después, Hitler cometió su error fatal. De cualquier manera, la colisión de los mundos, de tamaño titánico, parecía cada vez más inminente. Las puertas de la guerra se abrían de nuevo frente a nosotros. En 1937, la Navidad se celebró en Alemania en un ambiente que todavía era idílico, con ferias navideñas y árboles de Navidad —«*Eine deutsche Weihnacht*», con disfraces y canciones tradicionales sobre el árbol de Navidad— solo que ahora otros tonos estaban interfiriendo con los tonos melodiosos, tonos ligeramente diferentes y disonantes.

El «*Eine deutsche Weihnacht*» comenzó a parecerse al Jula escandinavo, una antigua fiesta en la que arden los troncos de julio y las llamas del invierno están dedicadas al dios Thor, que brilla remoto. El nuevo 1938 lo recibí en Dresde, con champán, en un baile que reunió a varios funcionarios nazis. Heinrich Himmler fue uno de ellos. El camino hacia la cima, el trayecto hacia el techo del mundo, estaba abierto para mí. Había un vía hacia el inframundo frente a mí, Agartha. Una aventura que me traerá muchas sorpresas y eventos que cambiarán la faz del mundo.

La estrella roja sobre el Kremlin

A PRIMERA VISTA, mis días son monótonos. La vida monótona de un jubilado, dedicado a sus hábitos y rituales vanos.

Dedico mi tiempo a pensar y orar, grabando mis recuerdos en el camino. Este trabajo ahora está llegando a su fin.

Moscú es la ciudad de mis primeros recuerdos. Y de la infancia, como se ha dicho al principio, es nuestra única edad de oro.

A veces hago viajes cortos en mi tiempo libre. La casa de mi abuelo es hoy una biblioteca pública — me parece justo. El bosque de los suburbios, que recuerdo muy bien desde mi infancia, se convirtió en un cementerio. Me paré ante la tumba de mi abuelo, sobre la cual se levanta hoy un ángel de mármol alado. Las hojas revolotean sobre él, la brisa es agradable y fresca. Visito galerías, como Tretyakovskaya, para ver retratos de personas famosas con particular interés. Así es como hago descubrimientos bastante inusuales.

La edad me impide aventurarme en algunos viajes más largos. Ya no siento ningún deseo por ellos. Los viajes que soñé a una edad temprana me aterran y atemorizan hoy. Tras mucho deambular, volví a casa, y lo hicimos cansados, para finalmente encontrar nuestro reposo.

Sin embargo, el Moscú que miro hoy ya no es el que recuerdo desde la niñez. Nadie, dice el filósofo, entra dos veces en el mismo río. Ya no lo miro con ojos jóvenes. Son los muros altos y fríos de Moscú, el sol dorado, las banderas rojas y las sombras profundas. A solo unos cientos de metros de distancia, encuentro un viejo Moscú: casas de madera anticuadas a través de las cuales brota la hierba empedrada. Luego, seguido por el Moscú de magníficos palacios, emperadores y aristócratas: la Tercera Roma, levantada sobre siete colinas. Por encima se alza el Moscú de la era de Stalin, más monumental que otros; el Moscú del Cuarto Imperio. (El próximo, el quinto, se levantará sobre sus ruinas; estos son eventos que aún están por venir).

Sobre el Kremlin brilla una estrella roja. Camino por la Plaza Roja, asombrado y orgulloso de ello. Hay monumentos de la época heroica, una época que ahora se acerca rápidamente a su fin. La Nueva Gran Era, la que está por venir, también se erigirá sobre la sangre, roja como la bandera que ondea ante mis ojos.

Luego me dirijo a la estación Kolomenskaya y atravieso el parque, que tiene un color dorado, para aterrizar en la orilla del río. Es otoño. Los barcos se mueven por Moscú. El camino me lleva por un puente de madera. Ahora es tarde. El sol brilla sobre el agua. En esta época del año la tarde languidece rápidamente.

Aquí, entre los numerosos manzanos, se encuentra el Templo de la Ascensión del Señor. Levantado por el emperador Basilio Tercero, en honor al nacimiento de su hijo Iván, quien luego sería recordado como el Terrible. Su cúpula tiene forma de carpa, descansando sobre los arcos de las fachadas y las bóvedas de las escaleras. Todo pertenece a un mundo ya desaparecido.

Unos recuerdos sentimentales me unen a este lugar.

Estoy sentado durante mucho tiempo en un banco de madera. Aquí, un nombre está grabado en la corteza del árbol: Anastasia, que significa Resurrección. Durante estas caminatas, siento una soledad casi infinita. En la masa que inunda las plazas de Moscú, este sentimiento me brinda un placer infinito. Sintiéndome seguro y protegido dentro de esa multitud interminable, mi cara aquí es solo una entre miles de «me gusta» que pasan desapercibidas o que pronto serán olvidadas.

Estas largas caminatas recuerdan la despedida de mis lugares favoritos.

A veces, en estos vagabundeos sin rumbo, me conmueve una imagen que de repente veo, como mis viejas fantasías infantiles. Al fondo del jardín hay una puerta secreta. ¿A dónde se dirige? Bajo de la Moscú moderna, en silencio, se encuentra toda una ciudad secreta — una Moscú subterránea, construida durante cientos o quizás miles de años. Aquí, dicen, en una de estas cámaras subterráneas se encuentra la biblioteca perdida del Zar Iván el Terrible. Aún más profundo, bajo ellas, se encuentra una red secreta de corredores subterráneos, algunos que conducen a otras ciudades y países, así como a otros a continentes distantes.

También hay cementerios y osarios. Nadie sabe de quién fueron las manos que cavaron estos pasajes subterráneos. Hay innumerables enlaces que conectan pueblos y continentes. Algunos de estos caminos indudablemente conducen a la Tierra del Fuego Subterráneo, Agartha.

En la punta de mis dedos no se encuentra un castillo, sino todo un reino oculto. Aquel en el que no hay enfermedad ni muerte, pero en el que el tiempo todavía deja su huella. Los muros se doblan bajo la carga de los años, el brillo rojo del metal está cubierto por la pátina. Las murallas hechas de marfil se desmoronan y se disipan. Pero la vida de sus habitantes es tan larga que podemos contarlos entre los inmortales de las almas pacíficas.

También hay innumerables caminos que conducen a este lugar escondido.

Podría decir que me estoy preparando lentamente para mi último viaje, uno que conduce bajo tierra. Está habitada por sombras similares a las que deambulan por el Hades griego, visitadas por Odiseo, que miran hacia el pasado y hacia el futuro.

Una historia de Agartha

La última palabra del editor: la misión de Sikorski

> *El libro es una cosa entre las cosas, un volumen perdido entre los volúmenes que habitan en un universo indiferente, hasta que da con su lector, con el hombre destinado a sus símbolos.*
>
> Jorge Luis Borges, `Biblioteca personal`

El manuscrito frente al lector está incompleto. Consiste en varias partes diferentes, que han sufrido un acortamiento o daño irreparable, con intervenciones muy toscas en el mismo texto. Ciertamente faltan algunas partes. Está firmado por un tal Maximilian Rupert Dietrich Sikorski, pero no se excluye que su autor tuviera un nombre diferente o que fuera obra de varias manos. Esto, además, es casi seguro. ¿Quizás esto es lo que da lugar a la impresión de inconsistencia del manuscrito, incompletitud o inconsistencia del autor, el flujo narrativo confuso, contradicciones y ambigüedades en este breve informe? Como Algunos de sus comentaristas han observado, ciertos períodos en la vida del autor son taciturnos y también lo es su descripción del supuesto viaje a Agartha. Por ejemplo: su estadía en Agartha duró siete años, según una fuente. Llegamos a esta conclusión resumiendo las fechas dadas en el manuscrito. Pero al leer el manuscrito da la impresión de que solo son unos días.

Las partes faltantes se eliminaron, o el propio autor, por alguna razón, ha decidido no informarnos. El editor de esta edición se adhiere al primer punto de vista: el manuscrito ha sufrido intervenciones arbitrarias y abreviaturas significativas. Anatoly M. Irishkov rechaza este punto de vista, argumentando que el manuscrito es, con toda probabilidad, el trabajo de un autor, aunque este investigador permite la posibilidad de que el manuscrito sea abreviado, que carezca de ciertos capítulos, o que se hayan insertado ciertas adiciones más cortas posteriormente (que no altera la narrativa o la lógica de la historia): «*Una historia de Agartha* no es literatura fantástica, sino que se crean notas en varios períodos diferentes, algún tipo de literatura de viajes, diarios o memorias — por lo que el autor afirma. Posteriormente se escribieron, como señala el escritor, sobre la base de recuerdos en lugar de documentos, en varias ocasiones, a partir de 1966. A primera vista, no parecen tener una estructura clara. Las ideas que propone no son consecuentes ni consistentes. Es natural: a lo largo de nuestras vidas, las opiniones e ideas que representamos cambian. Lo mismo ocurre respecto a su experiencia de Agartha, de la cual a veces habla con horror y otras con admiración o emociones. Es superfluo buscar una coherencia narrativa y estilística en los recuerdos que el autor ha registrado en diferentes períodos de la vida». Tales deficiencias, concluye, están, de hecho, a favor de su autenticidad. Hay afirmaciones, que no pueden documentarse en este momento, de que el informe de Sikorski existía en varias versiones diferentes escritas a mano (o por muchas manos) antes de que se publicara por primera vez. Hoy no es posible rastrearlos (o no fue a la mano de su organizador). Por lo tanto, el editor se vio obligado a adaptar la edición de este libro a las existentes.

La primera edición de este libro es la publicada en Moscú en 1994 por la editorial *Demiurge*. Las otras dos, la impresa en Moscú en 1997, con la adición de las supuestas profecías de Agartha, así como la edición de 2008 impresa en San Petersburgo, son, desafortunadamente, solo ediciones comerciales y un mal uso sensacionalista y barato del registro de Sikorski. La edición de Petersburgo también contiene una falsificación indudable — una supuesta conversación con el autor, que, según el editor, se realizó en el verano de 1972 en Moscú, y en la que Sikorski se presenta, absurdamente, como un seguidor del Dalai Lama.

* * *

El misterio de este manuscrito es comparable al misterio que

La última palabra del editor: la misión de Sikorski

acompaña a su autor. ¿Quién es realmente Maximilian Rupert Dietrich Sikorski? «Pienso en cómo, mientras tanto, me he convertido en una persona sin nombre, ya que nadie se ha dirigido a mí por mi nombre real, el que obtenemos en el bautismo... Los nombres extraterrestres son las máscaras por las que escondemos nuestra verdadero rostro». La investigación esporádica no ha confirmado que hubiera alguien con ese nombre, a pesar del hecho de que en Rusia, y especialmente en el Báltico, hay muchos que llevan este apellido. «Los nombres y las fechas en esta historia son falsos», afirma explícitamente su autor. Igualmente esperado, el nombre de Sikorski no está incluido en las listas de participantes en las expediciones arqueológicas soviéticas posteriores a la Segunda Guerra Mundial en Mongolia.

La expedición de exploración al Altai mongol (tuvo lugar en 1948, no en la década de 1950, como argumenta Sikorski), sin embargo, registra el nombre de Maximilian Jurjevich Sidorov como uno de los participantes, desde una función bastante vaga. ¿Maximilian Jurjevich Sidorov es realmente Sikorski? El argumento reciente está supuestamente respaldado por el hecho de que Sidorov no poseía ningún título académico, a pesar de estar asociado a varios institutos arqueológicos y geográficos, y que murió en Moscú en 1974, a una edad avanzada, parece ser que a consecuencia de un ataque cardíaco repentino. Sidorov, sin embargo, no nació en el Báltico sino (probablemente) en Moscú, y no era de origen noble. Lo que sabemos sobre él sugiere que era una especie de aventurero cuya biografía contiene grandes lagunas. Hay indicios de que él conocía muy bien Mongolia y que ya la había visitado antes en varias ocasiones.

Irishkov defiende esta opinión. Sidorov, a su parecer, es Sikorski — Sikorski, bajo un nombre diferente y con una biografía ligeramente modificada; Sikorski-Sidorov, entonces asociado de la KGB u otro servicio secreto soviético, tenía la tarea de supervisar la investigación e informar a una instancia no identificada en la cima del poder soviético. De hecho, según Irishkov, Sikorski residió en Alemania y los Estados Unidos, luego en el Tíbet y en Mongolia durante un período de su vida, ya que disfrutó de la protección de alguna oficina secreta soviética, al menos desde el momento en que pisó territorio de la Unión Soviética hasta el final de su vida. No conocemos la base sobre la cual él hace esta especulación, que no está respaldada por ningún documento. Nosotros no iremos más lejos en esta idea. Dejaremos que el lector extraiga las conclusiones apropiadas, teniendo en cuenta que los hechos presentados en el manuscrito son al menos discutibles y dudosos: los nombres están obviamente alterados, y la cronología y la geografía a menudo no son confiables.

Pero si asumimos que el informe de Sikorski es verdadero en su esencia, o al menos en algunas partes importantes, ¿podemos realmente interpretar su manuscrito como un relato real de su estancia en Agartha? ¿Y no contiene algún código secreto que, como esperan algunos investigadores, realmente pudiera llevarnos a un mundo oculto bajo tierra? Por el contrario, esta es una mera mistificación literaria.

* * *

El auténtico autor del manuscrito —el que se presentó a sí mismo bajo, por lo que se cuenta, el falso nombre de Sirkosky— borró con éxito sus huellas. Según otra hipótesis, nunca existió. La búsqueda persistente en documentos y fuentes históricas no produjo ningún resultado significativo. ¿Se están escondiendo, como Fadayev cree, en los expedientes de algún servicio secreto y debemos esperar el momento en que vean la luz del día? (¿Y Irishkov tenía alguna idea de ellos?).

Los intentos de rastrear a su autor de esta manera son desalentadores; El lector que está interesado en este informe, al parecer, solo tiene que prestar mucha atención al manuscrito. Pero si podemos acceder a este libro como un informe cifrado, debe tenerse en cuenta que las afirmaciones hechas por el autor no pueden ser verificadas por fuentes independientes, o que la información es tan general que su verdad está implícita. Esto lleva a la conclusión de que el supuesto manuscrito de Sikorski es una falsificación o simplemente una obra de literatura fantástica. Un artículo firmado por Anatoly Ismailov y publicado el 13 de febrero de 1987, en la *Rusia literaria*, busca ser

La última palabra del editor: la misión de Sikorski

el verdadero autor de este manuscrito entre los autores populares de literatura fantástica de la era soviética, centrándose únicamente en cuestiones de tema y estilo literario. En nuestra opinión, este esfuerzo tampoco produjo resultados dignos de atención.

* * *

El editor de la primera edición, en su breve prefacio, afirma que su informe existió en varias transcripciones y en varias versiones en Moscú, desde mediados de la década de 1970 (o tal vez un poco antes) y circulaba de unas manos a otras (para más tarde terminar perdido o destruido). La primera edición impresa se basó en dos versiones incongruentes, algunas de las cuales, según el editor, tenían detalles increíbles o aparentemente imposibles.

Tales afirmaciones no se pueden probar y es posible que realmente sea un mistificación del editor o escritor. «Esta no es mi historia personal», dice Sikorski al comienzo de sus notas, y agrega que comenzó a escribir el 25 de enero de 1966. Continúa contradiciendo esta afirmación, ya que incluso evoca su infancia, al menos de forma resumida, y relata algunos de sus viajes anteriores y describe varios eventos que solo están indirectamente relacionados con la búsqueda del autor de Agartha. El manuscrito consta de tres partes. La segunda parte, titulada *Descenso a Agartha*, que contiene una descripción de la supuesta visita al reino de Agartha, se escribió mucho antes que el resto (en 1966); la primera parte, realmente, sólo es una introducción que se agregó posteriormente para darnos un aviso de su autor, o al menos la ilusión de que estamos familiarizados con él.

Los títulos para cada uno de ellos fueron agregados por el editor. La tercera parte comienza con un capítulo titulado *Unas palabras al final*, consideraciones abstractas y bastante flojas que forman una especie de epílogo de esta historia. Las siguientes son algunas notas breves, principalmente relacionadas con la estadía del autor en Estados Unidos y el período que precedió a su «descenso a Agartha». Fueron escritos como una revisión de seguimiento por el escritor en el «Exilio de Moscú». Algunos comentaristas han sugerido que la muerte detuvo al autor de escribir las memorias, o que de repente perdió todo interés en completar su manuscrito. Solo quedaron sus bocetos.

Supongamos por un momento, como hacen algunos intérpretes, que este manuscrito no es una mistificación literaria o una obra de literatura fantástica, sino que es un registro auténtico, un recuerdo, aunque vago, de hechos bastante reales. En ese caso, queda otra pregunta: ¿cuál es el papel real de la persona que se hace pasar por Sikorski? ¿Es realmente sólo un «observador y no un actor», como él dice, alguien que «solo graba y no participa» y cuya misión es solo describir su visita a Agartha para preparar al mundo para un cambio importante y para los supuestos acontecimientos dramáticos que le esperan en el futuro cercano? ¿Alguien que está privado de pasiones políticas, que no está interesado en las ideologías o religiones de nuestro tiempo, y alguien que «rechaza con desdén todo lo que lleva el sello de la modernidad», buscando «un punto de apoyo en otro lugar»?

Un participante en una expedición nazi al Himalaya terminó con su vida pacíficamente en un modesto exilio de Moscú. Este hecho debe tenerse en cuenta. Sikorski es un hombre en la sombra, alguien que disfrutó de la protección de Heinrich Himmler y de la organización nazi *Ahnenerbe* y tenía el rango de oficial de las SS; un misterioso emisario perseguido por investigadores de la NKVD; un descendiente de los blancos, un aristócrata y un sujeto leal de la Unión Soviética, que no oculta su simpatía por Stalin y la Rusia soviética, ni su desprecio por Hitler y el nacionalsocialismo; defensor del imperio, Eurasia, y alguien que se opone al «mundo libre», a la «Nueva Atlántida: la Cartago de nuestro tiempo».

En el último período de su vida, es un asociado de ciertos servicios secretos soviéticos (como lo demuestra una nota en una expedición al Altai mongol), o alguien que vive bajo sus auspicios. Sus predicciones para el futuro del mundo son fundamentalmente correctas. La Segunda Guerra Mundial no proporcionó a la humanidad una paz duradera. Hoy estamos al borde de lo que él llama la «batalla final de la historia», el «choque entre Roma y Cartago», la inminente «guerra entre Oriente y Occidente». Esto, naturalmente, lo coloca en la línea de cierta conspiración y esquemas geopolíticos. Jean Peladan, en su extraño trabajo dedicado a Sikorski y su (supuesto) viaje a Agartha, titulado *Mensajero del Rey del Mundo*, parte de la siguiente suposición: Sikorski era un adepto y miembro de alguna sociedad secreta o, más probablemente, de toda una serie de asociaciones secretas, desde Europa hasta los Estados Unidos y Rusia, o la Unión Soviética, incluidas numerosas asociaciones para-masónicas y círculos teosóficos en los Estados Unidos.

Las raíces de una sociedad tan secreta deberían buscarse en la Rusia imperial, en consecuencia en los círculos de emigrantes rusos, los rusos blancos. Continúan en la Rusia soviética y su «historia oculta». No está claro sobre qué base este autor vincula a Sikorski con la organización secreta del cónsul de los barones bálticos, y a través de esta célula secreta con los ariosofistas austriacos y alemanes. Esto es, a través de la Sociedad vienesa de Thule, cierto Robert von Zebotendorf, una personalidad completamente oscura y un presunto intimo de Hitler, lo lleva a los círculos ocultos del Tercer Reich.

De cualquier manera, él es supuestamente su adepto, quien cuidadosamente oculta todas estas conexiones. El manuscrito evoca una visita del autor al Templo masónico en los Estados Unidos. También es seguidor de algunos teóricos de la conspiración y tradicionalistas, perennialistas como René Guénon y Julius Evola, cuyo trabajo pudo conocer durante su tiempo en Europa. Algunas de sus ideas se pueden reconocer en la historia ficticia de la humanidad que Mani expone en el manuscrito. Él, por ejemplo, invoca la «raza de hueso blando», que Evola menciona explícitamente en uno de sus libros. El término «lenguaje de aves» se encuentra en las obras de Guénon, así como en todos sus seguidores.

Finalmente, es un asociado de los servicios secretos soviéticos, con los que se contactó por primera vez a finales de la década de 1930, en la Alemania nazi, a su llegada de los Estados Unidos y después de su primera expedición al Himalaya (y posiblemente en la Alemania de Weimar). En otras palabras, fue reclutado como agente secreto soviético durante ese período. ¿De qué otra manera explicar que, como participante en la expedición nazi al Himalaya y alguien que, al menos brevemente, disfrutó de la protección del propio Himmler, fuese interrogado por miembros y agentes de la NKVD, y luego continuó su vida en la Unión Soviética y participó en varias expediciones soviéticas, como la que tuvo lugar en el Altai mongol?

Según Peladan, Sikorski debe esta posición protegida a su misión. No es solo un viajero en Agartha o alguien que se ha puesto en contacto con el inframundo para transmitir la noticia completa de su existencia. (Este hecho, después de todo, ya era bien conocido en los círculos de esotéricos y místicos rusos, al menos desde la época de Saint Yves d'Alveydre, cuya esposa era rusa, y de hecho, mucho antes de eso; ella llega a Occidente a través de Rusia. Ferdinand Ossendowski, en su libro *Bestias, humanos y dioses*, también informa sobre la búsqueda de Agartha realizada por un «loco» o «barón sanguinario», Ungern von Sternberg, y luego muchos otros actores, tanto rojos como blancos, en la que la historia oculta de la Unión Soviética está relacionada con esta idea). Sikorski, en su opinión, es un enviado que transmite un mensaje secreto de Agartha; él es el verdadero mensajero del Rey del Mundo. Además, es alguien de quien se espera que continúe transmitiendo los mensajes del Rey del Mundo en el futuro; plenipotenciario del inframundo y guardián de la secreta Agartha.

Respectivamente, en otro nivel: Sikorski es un portavoz de ciertos círculos esotéricos y místicos, alguien que expone la «doctrina secreta», un defensor de la sinarquía, similar a Saint-Yves d'Alveydre. Por estas razones, niega este papel al esotérico francés Guenon. También participa en la historia secreta de Rusia y la Unión Soviética. Esta «historia secreta» de Rusia (y del mundo entero) se describe supuestamente en el manuscrito mismo, en los códigos mitológicos, en la clave mítica: a través del conflicto entre la Generación primigenia y la Segunda generación, la aparición de la Hermandad Oscura (y una orden aún más secreta que se opone), a través de las alusiones a los Antiguos y el recuerdo de la sublevación de los Titanes, mediante los complejos enredos de la historia ficticia de Agartha...

La última palabra del editor: la misión de Sikorski

El comentarista supone que su lugar en la jerarquía secreta era mucho más importante de lo que el escritor estaba dispuesto a reconocer y que la misma persona, bajo diferentes nombres, apareció en varios otros eventos decisivos después de la Guerra Patriótica. Antes de esto, fue un agente soviético, quizás muy influyente, que se movió durante algún tiempo en los círculos esotéricos del Tercer Reich.

La intención del escritor de esta conversación no es hacer un juicio a sí mismo u ofrecer cualquier interpretación. Se contenta con presentar los hechos y opiniones de aquellos que han estudiado a fondo el manuscrito, y dejar al lector con la explicación de estos hechos aparentemente ambiguos y limitados.

Vyacheslav Antonov, 2015.

Una historia de Agartha

Biografía de Boris Nad

Figura 1: Boris Nad

Boris Nad es un escritor serbio nacido en Vinkovci, Eslavonia (Croacia), en 1966. Estudió en Zagreb y Belgrado, se graduó en la Universidad de Belgrado. Desde 1994 ha estado publicando obras de prosa, poesía y diversos ensayos.

Actualmente vive y trabaja en Belgrado (Serbia).

Sus textos han sido traducidos al inglés, ruso, portugués, alemán, eslovaco y griego.

Hasta ahora ha publicado los siguientes trabajos:

- *Time of the Empires* (Belgrado, «Rivel ko», 2002), selección de ensayos (geo)políticos con el prefacio de Dragoš Kalajić;

- *The Winner's Feast* (Belgrado, «Žagor», 2005, segunda edición Niš Cultural Center 2013), una breve novela épica-fantástica;

- *New Itaca* (Nis, «Unus mundus» - Niš Cultural Center, 2007), selección de ensayos, poemas, cuentos y prosa breve.

- *Mute Gods* (Belgrado, «Žagor», 2008), prosa breve;

- *The Return of Myth* (Idea of Center, New Itaca, Argonauts, Symbols of Hyperborea), (Niš, Niš Cultural Center, 2010);

- *Postapocalypse* (Niš, «Unus mundus», No. 38, Niš Cultural Center, 2011), ensayo;

- *Ultime Thula* (Niš, «Unus mundus», nº 40, Niš Cultural Centre, 2011), una colección de historias;

- *Towards the Post-history* (Belgrado, «MIR Publishing», 2013), ensayos;

- *Seven Towers of Satana* (Belgrado, edición de autor, «Opus», 2015), colección de historias fantásticas;

- *Invisible Empire* (Belgrado, «Metaphysica», 2016), colección de historias fantásticas;

- *The Return of Myth* ("Manticore press", 2016) - en inglés;

- *Hyperborean Heritage* (Belgrado, «Pešić i sinovi», 2017);

- *A Short History of Agartha* («Metaphysica» & «Zlatno runo», Belgrado, 2017), novela fantástica.

Además de su labor como escritor, Boris Nad también forma parte de la *Eurasian Artists Association*, donde ha colaborado en los siguientes discos:

- TSIDMZ (Thule Sehnsucht In Der Maschinen Zeit): Ungern Von Sternberg Khan, track 7: Itaca, text by Boris Nad, Label: OECD 181, Old Europa Cafe, Italy, 2013;

- Boris Nad (ThuleSehnsucht In Der Maschinen Zeit, Suveräna Vanguard, featuring Corazzata Valdemone, La Derniere Attaque, Sonnenkind, Stefania Domizia and L'Effet C'Est Moi): Sailing to Itaca, MCD, Skull line, Germany, 2013;

- The EAA (The Eurasian Artists Association): The 4th Revolution, TSIDMZ + La Derniere Attaque & Sonnenkind - War Song (text by Boris Nad), digital album, 2015;

- Various: Messina 1908, CD Compilation, TSIDMZ: Marching For Friendship (music by Solimano Mutti, lyrics by Boris Nad, vocals Olja Wagner), Dornwald Records - DW001, Italy, 2017.

Hipérbola Janus

Otros títulos publicados

Boris Nad
El retorno del mito

El retorno del mito evoca construcciones míticas que ocultan «intuiciones peligrosas», incluidas leyendas de Hiperbórea, Última Thule, la Atlántida y otros mitos europeos. Esta obra ofrece un viaje único a través del espacio y el tiempo, de la historia y de la prehistoria, en un trayecto marcado por el regreso a la tierra mítica de nuestros antepasados y al centro sagrado.

La realización lógica de esta sociedad alienada del «centro» es la «civilización del consumidor», una tecnocracia donde el hombre es solo el «consumidor» o cliente, una adición prescindible a los grandes sistemas tecnológicos. Esta «utopía» representa el totalitarismo en su forma final. Todo esto está implícito en cambios fundamentales en el arte y en la cultura en general, que gradualmente se está convirtiendo en una «subcultura», un tipo de actividad comercial o ingeniería social que tendrá el efecto de la anestesia en sus consumidores.

Combinando un examen de las civilizaciones antiguas con el pensamiento político contemporáneo, Boris Nad crea algo completamente diferente, una descripción del origen antiguo de las humanidades y la dirección de nuestro futuro, dejando al lector preguntándose si nuestra historia terminará con una utopía mítica o una realidad distópica.

194 páginas
ISBN: 978-1719181143
https://amzn.to/2IoIYdO

Gustav Meyrink
La muerte púrpura: Relatos de terror, fantasía y lo grotesco

«La muerte púrpura» es el título de una de las historias contenidas en esta recopilación de relatos desarrollados por Gustav Meyrink a comienzos del pasado siglo XX. El autor, de origen austriaco, conocido por su obra cumbre *El Golem* (1915) tuvo unos comienzos literarios algo complicados, publicando una serie de relatos breves en diversas revistas y diarios de su época, entre las que destacarían aquellos de *Simplicissimus*, considerado como el diario satírico más importante de la época de la Alemania Guillermina.

Los relatos que aquí presentamos no dejarán indiferente al lector por la gran cantidad de motivos que en ellos concurren. Podríamos calificarlos de bizarros, extraños o grotescos, con un fuerte componente espiritual, con la omnipresencia de motivos orientales, metafísicos y mágicos, además del terror y la narración de atmósferas oscuras y opresivas donde se trata de conducir al lector a la más pura desesperación y el más absoluto desasosiego.

194 páginas
ISBN: 978-1519603258
https://amzn.to/297UZ3o

Consulta nuestro catálogo completo en
https://libros.hiperbolajanus.com

Otros títulos publicados

Giuliano Kremmerz
La puerta hermética

«La Puerta Hermética», obra del Maestro Giuliano Kremmerz, salió a la luz en 1910 y desde entonces ha sido reeditada en diversas ocasiones pero solamente en italiano. Se trata de un tratado con indicaciones e instrucciones teóricas y prácticas para conseguir que el Adepto realice la síntesis entre la materia y el espíritu, entre lo humano y lo divino. De hecho, lo que se conoce como Magia no son más que las ciencias de la naturaleza y del hombre, no vistas como elementos separados sino como una unidad esencial e indivisible.

«Hipérbola Janus» tiene el placer de hacer llegar por primera vez al todo el mundo de habla hispana el conocimiento de un divulgador de las «ciencias ocultas» de la categoría de Giuliano Kremmerz.

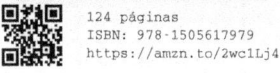

124 páginas
ISBN: 978-1505617979
https://amzn.to/2wc1Lj4

Gianluca Marletta
OVNIS y alienígenas: Origen, historia y prodigio de una pseudorreligión

Gianluca Marletta nos introduce en un tema de gran popularidad en las últimas décadas, abordando el fenómeno de los OVNIs y los alienígenas para revelar un trasfondo inquietante a la luz de la historia, la antropología, la teología y la metafísica en lo que podríamos definir como una de las «parodias modernas de la religiosidad» más exitosas.

A través del itinerario histórico que guía el desarrollo de toda la fenomenología OVNI, podemos ver las contribuciones de los distintos autores, corrientes de pensamiento y testimonios que lo han pertrechado. Desde el espiritismo decimonónico, pasando por el impacto en la literatura y el cine vemos cómo nace un mito moderno, con sus arquetipos y sus elementos característicos. Es un mito que se convierte en un fenómeno de masas a partir de Roswell, bajo las nuevas categorías de los contactados y las abducciones y, posteriormente, con el desarrollo de la Paleoastronáutica, en un intento de dar una explicación alternativa frente a la religión a los orígenes del hombre.

214 páginas
ISBN: 978-1797499062
https://amzn.to/2GBMwbD

Hipérbola Janus

www.hiperbolajanus.com